To.

From

오후반 책쓰기

유영택 지음

50·60대에 책쓰기를
시작하는 사람들을 위한
눈높이 안내서

'책쓰기는 기적을 만든다.'

책쓰기는 한 사람의 인생을 뿌리째 바꿔놓는다. 세상을 완전히 다른 모습으로 변화시키기도 한다. 그러한 사례들을 우리는 수없이 많이 보아왔다.

정부가 지원하는 생활보조금으로 생계를 이어갈 정도로 궁핍한 시기를 보내면서도 어린이들에게 상상력의 날개를 달아주는 책을 써서 개인자산 10억불의 부호가 된 여성. 살충제의 위험성을 알리는 책 한 권으로 전세계적인 환경운동에 불을 지핀 사람. '잘 나가는' 회사원 생활을 그만두고 3년간 1만권의 책을 독파한 후 '신들린 작가'로 불리면서 활발한 저작 활동을 하고 있는 작가….

이와 비슷한 일들이 지금도 여기저기서 진행중이다. 이러한 기적은 누구에게나 일어날 수 있고, 대한민국에서 평범한 삶을 살고 있는 50·60대에게도 남의 이야기가 아닐 수 있다. 아니, 절실함이 그만큼

크기 때문에 더 가능한 일일지도 모른다.

　50·60대는 인생의 반환점을 돌아 한참을 달려온 나이이다. 100세 시대라고는 하지만 살아갈 날들은 살아온 날들보다 훨씬 적다. 그렇다고 '나이가 들었지만 아직 아무 것도 해놓은 것이 없어' 마냥 슬퍼하고 한숨을 쉬어야 하는 시기는 아니다. 오히려 50년 이상 살아온 데서 얻은 '경험'이라는 든든한 밑천이 있고, 그동안 앞만 보고 달려왔기 때문에 지금까지와는 다른 삶을 한 번쯤은 살아봐야 한다는 의욕도 있어서 뭔가를 시작하기에 '딱 좋은' 시기이다.

　적당히 여생을 즐기기보다는 언제까지나 활력 넘치는 삶을 살고 싶어 하는 50·60대에게 책쓰기는 그 무엇과도 바꿀 수 없는 매력적인 도전이다. 설렘으로 가득한 매일 매일을 보낼 수 있는 그야말로 '엄청난' 일이다. 책쓰기는 노년생활을 생각하지 않을 수 없는 50·60대에게 노후대책도 되어 줄 수 있을 것이다.

50·60대에 책쓰기를
시작하는 사람들을 위한
눈높이 안내서

우리 사회에 책쓰기 열풍이 일면서 평범한 사람들을 위한 글쓰기 책들이 많이 출간되고 있다. 가히 '홍수' 수준이다. 그렇지만, 그 많은 책들 가운데 50·60대를 대상으로 한, 그것도 50·60대에 처음으로 책쓰기를 시작하는 사람들을 위한 책을 찾아보기란 쉬운 일이 아니다.

이 책은 50·60대를 위한 책쓰기 책이다. 50·60대라는 나이가 새로운 것을 시작하기에 늦은 시기가 아니라는 것을 일깨워주고, 왜 굳이 50·60대에 책을 써야 하는지, 어떻게 이 나이에 책쓰기가 가능한 것인지, 막상 책을 쓰려면 어떤 작업들을 해야 하는지를 50대의 저자가 50·60대의 눈높이에서 알기 쉽게 설명한다.

특히, 저자가 첫 책쓰기에 도전한 모든 과정을 일지 형식으로 자세하게 기록함으로써 50·60대들이 처음으로 책을 쓰는 과정에서 부딪치게 될 여러 상황들을 미리 간접 경험해 보고, 이를 통해 자신감을 가질 수 있도록 했다.

독자들이 이 책을 읽은 후 인생 후반부를 멋지게 살아보고 싶다는 생각이 들고, 책쓰기를 한 번 해보고 싶어지고, 나도 할 수 있겠다는 생각을 갖게 된다면 저자에게는 더 할 수 없는 큰 기쁨일 것이다.

'내가 쓴 책이 정말 출판될 수 있을까?' 자신 없어 하는 분들이 있을 수도 있다. 그렇다면 저자의 이 책이 '그렇다'는 것을 보여주는 확실한 증거가 될 것이다.

책쓰기를 혼자서 하기 힘든 독자가 있다면 저자에게 손을 내밀어도 좋다. 흔쾌히 같이 걸어갈 것이다. '빨리 가려면 혼자 가고, 멀리 가려면 함께 가라'는 말이 있지만, 함께 하는 책쓰기는 빠르면서도 멀리까지 갈 수 있는 길이 될 것이다.

오후반 책쓰기
목차

Contents

오후반 책쓰기
목차

오후반 책쓰기

유영택 지음

PART ①
50·60대의
새로운 발견
− 책쓰기 혁명

Chapter 1

더 이상
물러설 수
없다

01.

50·60대는 슬프지 않다

늙어 가는 것이 서러운 게 아니라
아무 것도 한 것이 없는 게 더 서럽다
내 나이 쉰 살
그 절반은 잠을 잤고
그 절반은 노동을 했으며
그 절반은 술을 마셨고
그 절반은 사랑을 했다

어느 밤
뒤척이다 일어나
내 쉰 살을 반추하며
거꾸로 세어본다
쉰 마흔아홉 마흔여덟 마흔일곱
아직 절반도 못 세었는데
눈물이 난다

내 나이 쉰 살
변하지 않는 건
생겨날 때 가져온
울어도 울어도
마르지 않는 샘물뿐이다

한 번쯤은 들어봤을 『쉰 살 즈음에』라는 시의 전문이다. 임성춘 시인은 50줄의 나이에 들어서면서 지난날을 되돌아보고, 아무 것도 해놓은 것이 없어서 아쉽다는 감정을 표현하고 있다. 이 시를 접하는 오륙십 대라면 대체로 시인의 서러움에 공감하면서 '인생은 허무하다'는 극단적인 감정에까지 빠지게 될 수도 있을 것 같다.

'100세 수명 시대'가 올 것이라고는 하지만, 아직까지는 그렇게 오래까지 살 것이라고 기대하기 어렵다. 지내온 날들보다 살아갈 날들이 훨씬 적게 남아있는 명백한 현실 앞에서 50·60대들이 무기력함에 빠지는 것은 어쩔 수 없는 일이다. 50년 이상을 살아오는 동안 아무 것도 해 놓은 것이 없는데 오래 산다고 해도 이제까지와는 다른 삶이 기다리고 있을 것 같지 않다는 생각도 밑바닥에 자리 잡고 있을 것이다.

위의 시에서처럼 50·60대를 서글픈 대상으로 바라보는 시선은 우리에게 낯설지 않다. 임성춘 시인은 나이가 들어가는 데 대해 서러움을 토해 냈지만, 우리는 베이비부머의 현실에서 50대가 겪는 또다른 서러움을 발견하게 된다.

■ 베이비부머들의 은퇴

6. 25 전쟁 직후인 1955년부터 산아제한 정책이 시행되기 시작한 1963년까지의 시기에 태어난 사람들을 '베이비붐 세대'라고 부른다. 1955년에 출생한 사람들은 현재 만 59~60세, 1963년에 태어난 사람들은 만 51~52세니까, '베이비붐 세대'가 50대의 대부분을 구성한다고 봐도 될 것이다.

통계청에 따르면 지난 2014년 12월 기준 베이비부머의 숫자는 총 738만명으로, 전체 인구의 14. 4%를 차지하고 있다.

〈 표로 보는 베이비부머 수치 〉

구 분		남	여	계 (비율)
0~49세		17,514,360	16,450,025	33,964,385 (66.2%)
50~59세	50세 (1964년생)	427,283	410,640	837,923 (1.6%)
	51세 (1963년생) 부터 59세 (1955년생) 까지	3,710,702	3,667,536	7,378,238 (14.4%)
60세 (1954년생) ~69세 (1945년생)		2,284,239	2,421,869	4,706,108 (9.2%)
70세 이상		1,732,712	2,708,550	4,441,262 (8.6%)
총 계		25,669,296	25,658,620	51,327,916 (100%)

※ 통계청 자료(2014. 12. 31 기준)를 기초로 재작성한 표이며, 회색 부분이 베이비부머이다.

이렇게 우리 사회에서 상당 부분을 구성하는 베이비부머들이 지난 2010년부터 본격적인 은퇴시기를 맞고 있다. 베이비부머들은 우리 나라의 발전을 견인하는 중심축 역할을 해 왔지만, 정작 은퇴 이후에 대한 준비는 크게 부족한 실정이다. 경제적인 준비는 말할 것도 없고 여가를 보낼 제대로 된 취미조차 갖고 있지 못한 경우가 대부분이다. 게다가 '낀 세대'로서 부모를 모시고, 자식들을 결혼시키는 등 여전히 해야 할 일도 많아 어깨가 무겁다.

■ '마음만 청춘'인 60대

앞의 표에서 보듯이 60대는 약 471만명(2014년 12월 기준)으로 전체인구의 9.2%를 구성한다. 50대(16%)와 비교할 때 큰 차이가 난다. 이는 베이비붐 세대가 워낙 많기 때문이기도 하겠지만, 그만큼 많은 분들이 이미 세상을 떠났기 때문이기도 할 것이다.

60대는 아직까지 사회활동을 하고 있는 사람들도 일부 있지만, 대부분은 은퇴를 한 뒤 '여생'을 보내고 있다. 마음은 청춘인데, 아무도 알아주는 사람이 없고 어느 새 노인 취급을 받고 있다. 뭘 하고 싶어도 '노인'이라서 제약이 많다.

고 김광석씨 - 아이유도 리메이크했다 - 가 부른 아래와 같은 『어느 60대 노부부 이야기』속 가사처럼 혼자 남아 지난날의 추억을 회상하며 그리움에 젖기도 해야 한다.

곱고 희던 그 손으로 넥타이를 매어주던 때
어렴풋이 생각나오 여보 그 때를 기억하오.

… 세월은 그렇게 흘러 여기까지 왔는데
인생은 그렇게 흘러 황혼에 기우는데
다시 못 올 그 먼 길을 어찌 혼자 가려 하오.
여기 날 홀로 두고 여보 왜 한마디 말이 없소….

■ 나이 들어서 오히려 좋다

50·60대가 처한 현실이 녹록지 않은 것이 사실이지만, 슬픔에만 빠져 지낼 수는 없다. 시각을 조금만 달리 한다면, 50·60대여서 좋은 점들도 많다. 사소한 것에 목숨 걸만큼 분별없지 않고, 어린 시절을 보냈던 가난의 터널에서 벗어났으며, 자식들이 다 커서 제 앞가림을 할 수 있는 나이가 되었다. 그리고, 무엇보다도 '나 자신'을 위해 시간을 보낼만한 여유도 갖게 되지 않았는가.

이제는 앞만 보고 달려온 지난 시절을 보상받기 위해서라도, 오히려 가슴을 활짝 펴고 "내가 나간다. 비켜라!"고 세상에 소리높여 외쳐야 하지 않을까?

60대에 들어선 탤런트 고두심씨는 '나이 들어 서글프지 않냐'는 질문에 "아니, 오히려 거꾸로 가라고 하면 싫다. 젊음은 부럽지 않다. 나이가 드니까 더 많은 걸 관조하게 되고, 안목이 넓어지고, 치마폭도 커져서 좋다"고 대답했다. 그녀의 대답은 50·60대인 우리들이 어떤 태도를 취해야 할지 생각해 보게 한다.

02.
아직도 늦지 않다

　동일한 물건과 현상이라도 보는 사람에 따라서는 완전히 다르게 이해되기도 한다. 대표적인 예가 물이 반쯤 들어있는 컵이다. 긍정적인 마인드를 갖고 있는 사람이라면 '반이나 남아 있다'고 말하겠지만, 이와 달리 '반 밖에 없다'고 생각하는 사람도 있을 것이다.

　나이를 대하는 태도도 마찬가지이다. 50·60대를 살고 있는 사람들 가운데 어떤 이들은 '이 나이에 할 수 있는 것이 뭐가 있겠냐'고 생각할 것이고, 당장이라도 하고 싶은 것이 많아 가슴 뛰는 사람들도 있을 것이다.

　어차피 정답이 없는 경우라면 '이왕이면 다홍치마'라고 긍정적으로 바라보는 것이 좋지 않을까. 50·60대를 '살아갈 날이 아직도 많이 남은 나이'라고 생각하면서 공부든 취미생활이든 뭔가를 시도해 보는 것이 '단 한 번뿐인 삶'을 살아가는 우리들이 지녀야할 바람직한 자세일 것 같다.

■ 나이는 숫자에 불과하다

나이를 의식하지 않고 '나이는 숫자일 뿐'이라며 열심히 사는 사람들이 있다. 이들을 보면 기쁘다. 그들의 열정이 우리에게도 그대로 전해져서 뭔가를 하지 않으면 안 될 것 같은 생각이 든다.

저기, 불행하다며
한숨 쉬지 마
햇살과 산들바람은
한쪽 편만 들지 않아
꿈은
평등하게 꿀 수 있는 거야
난 괴로운 일도
있었지만
살아 있어서 좋았어
너도 약해지지 마

지난 2013년 102세의 나이로 세상을 떠난 일본인 시바타 도요의 시다. 할머니는 92세에 시를 쓰기 시작해서 98세에 『약해지지 마』라는 첫 시집을 냈고, 100세를 맞아서는 두 번째 시집 『100세』를 출간했다.

할머니는 90세가 넘어 아들의 권유로 처음 시를 쓰게 되었다고 한다. 아무리 아들이 권했다고 해도 그러한 고령의 나이에 시를 쓴다는 것은 상상도 할 수 없는 일일 것 같은데, 할머니는 그 길을 갔다. 그래서 시집 두 권을 남길 수 있었고, 뒤에 남은 우리들에게 감동을 주면서 나이가 들어서도 안주하지 말고 계속해서 새로운 것을 시도하라는 메시지를 전해 주고 있다.

시바다 도요 할머니와 같이 황혼의 나이에 굴하지 않고 자신의 길을 걸어간 사람들은 우리 주변에서도 어렵지 않게 만날 수 있다. 88세의 나이에 고등학교 졸업자격시험에 최고령으로 합격한 이종암 할아버지도 그중 한 사람이다.

할아버지는 직원 10여명을 두고 소방구조장비 업체를 운영하고 있는 현직 중소업체 사장이다. 소학교를 졸업하기는 했지만 학력 증명을 할 수 있는 방법이 없어 항상 마음 속에 앙금으로 남아있었는데, 여든이 넘으면서 '평생 땀 흘려 일군 인생 앞에 좀 더 떳떳해지고 싶어서' 검정고시 학원에 등록하고 매일 공부와 회사일을 병행해서 초·중·고 검정고시에 연달아 합격했다고 한다. 그야말로 '나이는 아무 것도 아니다'는 것을 몸으로 보여준 것이다.

■ 50·60대는 청춘이다

80·90대의 나이에 시를 쓰고 공부를 하기 시작한 시바다 도요 할머니와 이종암 할아버지의 이야기는 '50·60대라서 아무 것도 시작할 수 없다'고 스스로를 평가절하하고 있는 사람들에게 시사하는 점이

크다. 두 분에 비하면 50·60대는 '피끓는 청춘'이라고도 할 수 있는 젊은 나이가 아닌가.

50·60대의 마음 속에는 스스로의 발전 가능성을 부정적으로 보는 경향이 강하게 자리잡고 있다. 이러한 부정적 심리의 배경에는 '그 나이에 뭘 해'라고 말하는 주변사람들의 시선도 한 몫 하고 있는 것 같다. 그들은 지금까지 힘들게 살아왔는데 굳이 새로운 것을 추구하느라 애쓸 필요가 뭐 있느냐, 얼마 안 남은 인생을 즐기면서 보내면 되지 않느냐고 우리를 붙잡고 있다.

이와 같은 주변사람들의 반응이 잘못된 것이라고 무턱대고 비판만할 수도 없다. 그동안 우리는《은퇴를 하고 그럭저럭 10년 정도 편하게 여생을 보내다가 병치레를 몇 년 한 뒤에 세상을 떠나는》패턴에 익숙해져 있었기 때문에, 진심으로 위하는 마음에서 그렇게 말해줄 수도 있다.

하지만, 이제는 은퇴 후의 삶이 길어진 시대가 되었다. 변화된 현실을 받아들이고 적응해야 한다. '지금 시작해도 늦지 않다'는 생각으로 뭐든 적극적으로 도전해 보는 것이 우리가 해야 할 일일 것이다.

■ 용기를 내서 해보자

가수 오승근씨의 트로트 '내 나이가 어때서'가 지난 2012년 발표되어 그 해 한국인의 애창곡 1위 자리를 차지했다. 얼마 전에는 신인 여가수 홍진영씨의 리메이크곡이 나오면서 다시 한 번 인기를 끌었다.

야 야 야 내 나이가 어때서
사랑에 나이가 있나요
마음은 하나요 느낌도 하나요
그대만이 정말 내 사랑인데
눈물이 나네요 내 나이가 어때서
사랑하기 딱 좋은 나인데
어느 날 우연히 거울 속에 비춰진
내 모습을 바라보면서 세월아 비켜라
내 나이가 어때서 사랑하기 딱 좋은 나인데

이 노래는 거울 속의 '내 모습'에 세월의 흔적이 가득하지만, 그래도 여전히 사랑을 할 수 있는 나이라면서 스스로에게 용기를 북돋아주고 있다. 그래서인지 몰라도 중년들로부터 특히 많은 사랑을 받고 있다.

노래 속에서 이야기하는 사랑은 남녀간의 사랑이겠지만, 사랑의 대상을 '나 자신'으로 확대해서 해석해 봐도 좋을 것이다. 그렇다면 이 노래는 나이가 들어서도 나 자신을 사랑하자는 내용일 것이고, 현실에 안주하려는 50·60대들에게 용기를 내서 과감히 자신의 발전을 위한 시도를 해 보자고 '유혹'하는 노래로 우리에게 한층 더 가깝게 다가올 것이다.

03.
도전하는 삶이 아름답다

"신에게는 아직 12척의 배가 남아있습니다."

지난해 개봉되어 역대 최대인 1,761만명의 관객을 동원한 영화 '명량'에서 삼도수군통제사로 복귀한 이순신이 선조에게 한 말이다. 이순신은 12척 – 13척이라고 하는 학자들도 많다 – 의 배를 갖고 133척이나 되는 일본 수군에 맞서서 대승리를 거둔다.

이것이 우리나라뿐 아니라 전세계 해군사에서 잘 알려져 있는 '명량해전'이다. 이 해전에서 승리를 거둠으로써 조선은 일본의 서해 진출을 차단할 수 있게 된다.

'명량' 이야기를 여기서 소개한 것은 12척의 배만으로 율돌목(명량)의 조류 흐름을 이용해서 대승을 거둔 이순신의 탁월한 전술을 이야기하기 위함은 아니다. 극한적인 상황에서도 굴하지 않고 적과 맞서 싸운 이순신 장군의 도전정신이 이 시대를 살아가는 50·60대들에게도 본보기가 될 수 있지 않을까 하는 생각에서 언급한 것이다.

50·60대의 나이가 되면 대부분 새로운 것을 시작하거나 변화를 추구하는 데 대해 두려움을 갖는 것 같다. 아니, 두렵다기보다는 귀찮아한다고 말하는 것이 보다 정확한 표현인지도 모르겠다. 편하게 지내면 되지, 무엇하러 굳이 고생을 사서 하냐는 생각을 갖기 쉽다.

하지만, 자전거 페달을 돌리는 것을 멈추면 자전거가 넘어지고 말듯이, 인생의 바퀴를 돌리는 것을 멈추는 순간 우리의 인생도 끝나는 것이 아닌가? 바퀴가 끊임없이 돌아가도록 하기 위해서는 삶에 의미를 부여하는 '도전'을 계속하는 것이 필요하다.

■ 도전하는 인생을 선택하다

남아프리카공화국의 수도 케이프타운에 사는 한 할머니는 금년 4월 100회 생일을 기념하기 위해 가족과 친구들이 지켜보는 가운데 스카이다이빙에 도전하여 성공했다. 혼자 낙하한 것은 아니고 교관과 함께 하기는 했지만.

할머니는 92세에 처음으로 스카이다이빙에 성공했으며 이번이 세번째 도전인데, '지금 당장 하자'(Do it now)를 좌우명으로 삼고 있다고 한다.

100세의 나이에 그러한 계획을 세우고 실행에 옮겼다는 얘기를 들으니 '참 대단한 할머니'라는 생각이 든다. 평소에 '지금 당장 하자'는 좌우명을 갖고 생활하다 보니 도전한다는 행위 자체가 할머니에게는 자연스런 일상이 되었던 것이 아닌가 싶다. 앞으로도 살아있는 동안 이와 같은 도전을 계속할 것 같다.

우리나라에는 숙취해소 음료로 유명한 '여명 808'이라는 제품이 있다. 이 음료를 발명한 사람은 (주)그래미의 남종현 회장인데, 국내외 특허만도 50개 가까이 보유하고 있으며 기업가보다는 발명가로 불리는 것을 좋아한다.

남종현 회장은 군복무를 마친 후 10여년간 공무원 생활을 했으나, 어느 날 '이렇게 살아서는 안 되겠다. 인생을 바꾸고 싶다'는 생각이 들어 발명의 길로 들어섰다. 여명은 807번 실패한 후 808번째 실험에서 성공해 이름도 그렇게 지었다.

얼마 전 국내언론에는 시각장애인 모험가인 송경태씨를 소개하는 기사가 실렸다. 그는 군대에서 수류탄 폭발 사고로 실명했지만, 30대 후반이었던 1999년에 4,000km의 미국 국토횡단에 도전한 것을 시작으로 사하라사막과 남극대륙 등을 횡단했으며, 50대 중반인 지금도 7대륙 최고봉 등정 등 도전을 계속하고 있다.

남종현 회장과 송경태씨 같은 분들의 도전이 있기에 술 마신 뒤 숙취를 없앨 수 있고 감동적인 모험 이야기도 들을 수 있으니 고마운 일이다. 우리 주변에 도전을 계속하는 사람들이 많아질수록 우리가 사는 세상은 더 살만하고 다채로운 일들로 가득해지지 않을까 기대된다.

■ 휘파람새는 쉬지 않고 난다

북미 대륙에는 워블러라는, 몸무게가 119그램에 불과한 휘파람새가 서식한다. 최근 Biology Letters라는 국제 학술지에 이 철새가 매년 가을 미국 동북부 지역에서 남미까지 2,700km의 거리를 쉬지 않고 날아간다는 연구결과가 게재되었다. 과학자들은 워블러의 등 부분에 초소형 위치추적기를 부착해 이동 경로를 분석했다.

119그램밖에 나가지 않는 작은 새가 어떻게 쉬지 않고 날아갈 수 있는지 연구결과에 대해 의구심이 들지 않는 것은 아니지만, 간혹 쉬면서 이동한다손 치더라도 그만큼 먼 거리를 이동한다는 자체는 경외감의 대상이 아닐 수 없다.

워블러는 이동하는 과정에서 모진 비바람을 맞을 것이고, 먹이감이 될 뻔한 위험과도 수없이 마주치게 될 것이다. 연약한 휘파람새의 장거리 이동은 종족보존 본능과 생존을 위한 일종의 '도전'이라고 해도 좋을 것이다.

이와 같이 연약한 작은 새도 도전하는 삶을 살고 있는데, 우리 50·60대는 너무 현실에 안주하면서 무기력하게 지내고 있는 것이 아닌지 곰곰이 생각해 보아야 하지 않을까? 미리부터 안 될 것이라고 생각하기보다는 가능성을 열어두는 것이 필요할 것 같다. 어떤 현실이 우리를 둘러싸고 있더라도 자신을 그냥 되는대로 내버려 두기에는 우리의 인생은 너무나 소중하니까.

철학자 박이문씨는 우리 각자가 소설의 책임자라고 말한다. 어떤 이야기를 써서 어떻게 끝을 맺을지는 각자의 결단에 따라 어떤 주제를 선택할지에 달려있으며, 내 인생의 창작자로서 스스로를 '긴장'시켜야 한다고 강조한다. (긴장은 도전과 같은 의미로 사용되었을 것 같다.) '한 번뿐인 삶'인데, '긴장'을 해서라도 멋진 소설의 주인공이 되어봐야 하지 않겠는가.

04.

꿈은 이루어진다

2002년에 한·일 월드컵이 열렸다. 월드컵 경기가 진행되는 한 달 동안 국민들은 한 마음이 되어 우리 팀을 응원했다. 붉은 티셔츠와 머리띠의 물결이 거리를 가득 메웠다. 한밤중에도, 새벽에도 아랑곳 없이 '대~한민국'을 외치는 소리가 공중에 메아리쳤다.

붉은악마들은 '꿈☆은 이루어진다'는 플래카드를 들고, '짝짜작 짝 짝' 손뼉을 쳐가며 응원에 나섰다. 그런 응원이 힘이 되어서일까, 우리 태극전사팀은 사상 처음 16강이 오르는 본선에 진출하더니 파죽지세로 8강, 4강에까지 올라갔다. 비록 4강에서 그치고 말았지만, 우리 축구역사에서 거둔 최대 성적이었다. 꿈이 이루어진 것이다.

벌써 13년이나 지난 옛 추억이 되고 말았지만 지금도 그 때를 생각하면 감동이 그대로 되살아난다. 온 몸에 젊은 피가 도는 느낌을 받는다. 그것은 비록 나이가 들기는 했지만 아직도 마음 속 깊은 곳에는 혈기가 살아있음을 반증하는 것이리라.

■ 휘청거리는 남자, 50·60대의 자화상

거의 막차시간이 된 밤늦은 시각에 분당선 죽전역에서 지하철을 탄 적이 있다. 지방으로 직장동료 부친상에 다녀오느라 늦어진 것이었다. 열차 안은 도서관에서 공부하다 늦게 귀가하는 것인지, 아니면 회사에서 일하다 퇴근하는 길인지 젊은 사람들로 가득했다.

자리를 잡고 앉아 몇 정거장 지나니까 50대 후반 쯤으로 보이는 중년의 남자가 비틀거리는 모습으로 열차 안에 들어섰다. 남자는 빈 좌석이 없어 머리 위로 늘어진 손잡이를 잡고 서서는 바람에 흔들리는 곤드레처럼 흐느적거렸다. 어디선가 오랜 친구라도 만나 술을 많이 마신 모양이었다.

남자의 비틀거리는 모습을 보고 있으려니까 그가 느끼고 있을 듯한 고독함과 피곤함이 전해져 왔다. 안타까웠다. 삶의 목표가, 꿈이 있다면 그렇게까지 힘든 모습으로 서 있지는 않을 것 같았다. 그러한 모습은 50·60대를 살아가는 우리 모두의 자화상일 것이라는 생각도 함께 들었다.

우리는 그동안 바쁘게 하루하루를 살아오느라 하고 싶은 것들을 한 켠에 치워놓을 수 밖에 없었다. 이제는 그러한 것들에 씌워진 먼지를 털어내고 다시 밖에 꺼내 놓아야 할 시점이 된 것이 아닐까? 더 이상 늦으면 영영 그러한 시기가 찾아오지 않을 지도 모르니까 말이다.

■ 버킷리스트를 적어보자

2008년에 '버킷리스트 - 죽기 전에 꼭 하고 싶은 것들'이라는 영화가 개봉되었다. 죽음을 앞둔 두 남자 – 자동차 정비사인 카터(모건 프리먼 분)와 재벌 사업가 에드워드(잭 니콜슨 분) – 가 우연히 같은 병실을 쓰게 되었는데, 남은 시간 동안 하고 싶은 일을 다 하자는 데 공감대가 형성되어 병실을 뛰쳐나가서 여행길에 오른다.

두 사람은 아프리카 세렝게티에서 사냥하기, 스카이다이빙 하기, 눈물이 날 때까지 웃어보기, 아름다운 소녀와 키스하기와 같이 어쩌면 힘들 수도 있고 평범하기도 한 버킷리스트를 작성해 하나씩 실행해 나간다.

국내에서도 많은 사람들이 이 영화를 보고 '버킷리스트'에 대해 관심을 갖게 되었고, 같은 제목의 책들도 여러 권 출간되었다.

우리 모두에게는 어렸을 때부터 간직해 왔든, 살아오는 과정에서 뒤늦게 갖게 되었든 나름대로의 꿈이 있다. 그것은 전원에서의 삶일 수도 있고, 음악·그림·연극과 같은 문화예술 분야의 꿈일 수도 있고, 공부를 계속하거나 시와 소설을 쓰는 것일 수도 있다. 외국 여행을 다니면서 이국적인 정취를 맘껏 누려보고 싶은 바람도 있을 것이다.

우리의 꿈이 무엇이든 그것은 막연한 그리움의 대상이 아니다. 마음먹기에 따라서는 얼마든지 실현할 수 있는 가능성이 열려 있다. 인생의 새로운 2막을 준비하는 50·60대는 그러한 꿈들을 앞으로 추구해야 할 목표로 삼을 수 있으니까 어떤 점에서는 '축복'일 수도 있을 것이다. 그동안 마음 속에 품어온 꿈들의 목록을 적어보자. 그리고 도전해 보자.

■ 꿈을 이루는 간단한 방법

'코끼리를 냉장고에 넣는 방법'이라는 시리즈가 유행한 적이 있다. 얼핏 생각해서는 몸집이 어마어마한 코끼리를 냉장고에 집어넣을 수 없는 건 당연한 일이고, 그래서 말도 되지 않는 문제이다. 코끼리가 들어갈 만한 대형 냉장고를 특수제작하지 않는 이상은.

하지만 문제의 해답은 지극히 간단한 데 있다. ≪냉장고 문을 연다 ⇨ 코끼리를 넣는다 ⇨ 냉장고 문을 닫는다. ≫ 문제의 본질은 '집어넣는' 것이니까 집어넣는 데 초점을 맞춘 답을 그냥 우스개소리로 웃어넘길 것만은 아닐 것이다.

우리는 뭔가를 하기에 앞서 이것저것 따져보기부터 한다. 이래서 안 되고, 저래서 안 되고, 안 되는 이유를 잔뜩 늘어놓고는 결국 하지 않는 쪽으로 결론을 내리게 되는 경우가 많다. 하지만, 가끔은 코끼리를 냉장고에 넣듯 간단하게 생각해 보는 것도 좋을 것이다.

간단히 '해보자!'고 결정을 내렸다면, 꿈을 이루기 위해서 다음으로 해야 할 일은 무엇일까?

　가장 중요한 것은 내 꿈을 적어두는 것이다. '쓰면 이루어진다'는 말이 있다. 마음 속으로만 상상할 것이 아니라 꿈을 적어서 벽에도 붙여 놓고, 지갑에도 넣어두고 수시로 읽어보게 되면 꿈이 생생해지고, 꿈에 한층 가까이 다가설 수 있다.

　두 번째는 '미친다'는 것이다. 미칠 정도로 열정을 갖고 집중적인 노력을 기울이자는 것이다. 미치지 않으면 이룰 수 없다는 '불광불급'이라는 말이 있는데, 이를 거꾸로 생각하면 '미치면 이루지 못할 것이 없다'는 말이 된다.

　세 번째는 고통을 감내하는 자세이다. 꿈을 실현하기 위해서는 어쩌면 헤르만 헤세의 『데미안』에서 나오는 '알에서 깨어나오는 아픔'이 필요할 수도 있고, 우주선이 지구궤도를 벗어나 우주로 나가기 위해 필요한 만큼의 엄청난 추진력이 요구될 수도 있다.

　50·60대는 꿈을 꿔도 좋은 나이이다. 그리고, 꿈은 이루어질 수 있다. 멋진 꿈을 그려보고, 도전해 보자.

05.
이제는 실행할 때다

영화 『벤자민 버튼의 시간은 거꾸로 간다』가 지난 2009년에 국내에서 상영되어 인기를 끌었다. 주인공인 벤자민 버튼은 80세의 외모를 가지고 태어나 해가 지날수록 젊어진다. 청년의 모습이 되었을 때 여주인공인 데이지와 열정적인 사랑을 하게 되지만, 그는 더욱 더 젊어지는 반면 그녀가 늙어가는 설정은 참 슬프다.

현실에서 영화처럼 점점 젊어지는 것은 있을 수 없는 일이다. 인간을 비롯한 모든 존재는 시간이 갈수록 노화해 간다. 그것은 거스를 수 없는 자연의 법칙이다. 지나간 시간은 되돌릴 수 없는 것이고, 어느 때엔가에는 우리들 모두가 태어난 곳으로 돌아가야 한다.

삶이 계속될수록 점점 더 나이가 들 것이기 때문에 우리들에게는 지금 이 순간이 '남아 있는 시기 가운데 가장 젊은' 때이다. 그래서, 해야할 것이 무엇이든지 간에 더 늦기 전에 지금 해야 한다. 인생은 다시 도전할 수 있는 마라톤이 아니다. 시간이 지나고 나서 '그 때 할 걸' 하고 생각해도 이미 다시 시작할 수 있는 기회는 주어지지 않는다.

50·60대를 살고 있는 우리는 마라톤의 42.195km 구간중 어디쯤을 뛰고 있을까? 우리나라 사람들의 평균수명이 점차 늘어나고 있다고는 하지만, 아직 100세까지 기대할 수는 없을 것이고 인생의 2/3 정도 왔다고 생각한다면 30km 지점쯤이 되지 않을까 싶다. 시간이 마냥 우리를 기다려 주지는 않을 것이다.

■ 눈꺼풀 만으로 세상과 통하다

왼쪽 눈꺼풀을 깜빡거리는 것 말고는 할 수 있는 것이 아무 것도 없었던 한 프랑스 남자가 있었다. 그는 15개월 동안 왼쪽 눈을 수십만 번 깜빡거려 병상일기를 쓴다. 그의 이야기는 프랑스와 미국 영화사의 합작으로 『잠수종과 나비』라는 영화로 만들어져 전세계 많은 사람들에게 감동을 주었다.

깊은 바다 속에 드리워져 있는 종 모양의 밀폐된 잠수종과 이 꽃 저 꽃을 훨훨 날아다니는 나비를 대조시켜 영화의 제목으로 삼은 걸 보면 남자의 자유에 대한 갈망이 그만큼 컸던 것 같아서 마음이 아프다.

남자가 온몸을 움직일 수 없는 상황에서도 병상일기를 완성할 수 있었던 것은 실행을 했기 때문에 가능했다. 좌절에 빠져 아무 것도 시도하지 않았다면 그는 단지 전신마비 환자들중 하나로서 침대에 누워있다가 불행한 채로 삶을 마감해야 했을 것이다.

우리는 꿈의 목록을 갖고 있다. 꿈을 적고, 미칠 정도로 몰입하고, 고통을 감수할 각오까지 되어 있다. 하지만, 실행에 옮기지 않는다면 무슨 소용이 있겠는가? 꿈을 현실로 만들기 위해서는 당장 시작해야 한다. 생각하고 결심하는 것만으로는 아무 것도 이룰 수 없다.

■ 실행은 한 발 들어가는 것

컴퓨터 자판에는 '엔터키'가 있다. 우리말로는 '실행키'이다. enter 는 들어간다는 말인데, 우리말로 실행이라고 옮긴 것은 참 멋지다. 단어 그대로 '진입'이라거나 '들어감' 정도로 옮겼다면 밋밋했을 것 같은 생각이 든다.

엔터키는 다른 키들보다 몇 배나 더 크다. 다른 키들처럼 1단이 아니고 2단에 걸쳐 있다. 물론 스페이스키가 있기는 하지만, 이 키는 크다는 표현보다는 길다는 표현이 더 잘 어울린다. 그런데다가 한 칸 건너뛰는 것 이외에는 다른 기능도 없다.

엔터키를 다른 키보다 크게 만든 데에는 그럴만한 이유가 있을 것이다. 단순히 디자인을 고려했기 때문은 아니고, 사용빈도를 고려해서 그렇게 크게 했을 것 같다. 그만큼 자판에서 엔터키는 중심적인 키다.

컴퓨터의 엔터키를 두드리다 보면 실행이 중요하며, 실행을 위해서는 그 대상 속으로 한 발짝 들어가야 한다는 생각을 하게 된다. 추구할 꿈과 목표를 그저 밖에서 바라만 볼 것이 아니라, 과감하게 안으로 걸어 들어가서 견인해 나가야 한다는 것을 엔터키는 우리들에게 일깨워주고 있는 것 같다.

■ 실행 기한을 정하라

"기한 없는 목표는 탁상공론이다. 기한이 없으면 일을 진행시켜 주는 에너지도 발생하지 않는다. 당신의 삶을 불발탄으로 만들지 않으려면 분명한 기한을 정하라. 기한을 정하지 않는 목표는 총알 없는 총이다."

저명한 동기부여가인 브라이언 트레이시의 말이다.

그는 불우한 가정에서 태어나 허드렛일로 하루하루를 살아갔지만, 꿈을 갖고 노력함으로써 연매출 3,000만불의 '브라이언 트레이시 인터내셔널'사를 설립했으며, 『성공하는 사람들의 일곱 가지 습관』등 수많은 책을 저술하고 활발한 강연활동을 하고 있는 입지전적인 인물이다.

트레이시의 인생 역정 자체가 우리에게 강한 도전의식을 부여해 주지만, 위의 말은 꿈을 실현하기 위해 노력하는데 그치지 말고 목표 시한을 정해 놓고 전력투구해야 한다는 것을 강조하고 있다. 마음에 새겨두면 좋을 것이다.

50·60대는 뭐든 할 수 있는 '황금기'이다. 50년 이상을 살아온 경험이 자산으로서 우리 속에 자리잡고 있고, 후회하지 않는 인생을 살아야 한다는 방향설정도 되어 있다. 각자가 관심을 갖고 있는 분야도 점차 확실해지고 있다. 이제 남은 것은 단지 실행에 옮기고, 결실을 거둘 수 있도록 자신을 채찍질하는 것 뿐이다. 50·60대여, 멋진 인생에 도전해보자!

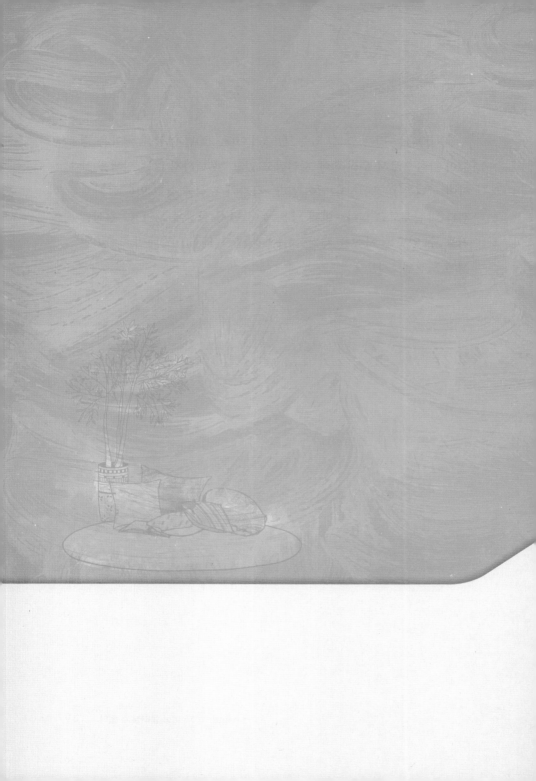

Chapter 2

책쓰기가
희망이다

01.
책쓰기는 기적을 만든다

서울에서 한 시간 남짓이면 갈 수 있는 거리에 제부도가 있다. 이 섬에 들어가려면 썰물 때까지 기다렸다가 물이 빠진 후에 모습이 드러나는 자동차도로를 따라가면 된다. 제부도로 들어가는 입구에는 '모세의 기적 제부도'라고 쓰인 안내판이 가로로 길게 걸려 있어 섬을 찾는 사람들의 눈길을 끈다.

자동차도로가 건설된 것은 20여년 전이라는데, 어떻게 썰물 때만 생기는 갯벌에 도로를 놓을 생각을 했는지 감탄스럽다. 섬이 건설됨으로써 주민들이 육지를 오가기 편해지고 관광지로도 알려지게 되었으니 이럴 때 일석이조라는 말이 어울릴 것 같다.

제부도에서는 매일 두 차례 썰물 때마다 '모세의 기적'이 일어나는 셈인데, 이러한 기적은 우리 가까이에서도 일상처럼 일어나고 있다. 바로 '책쓰기의 기적'이다.

'기적'의 의미를 사전에서 찾아보면 '상식으로는 생각할 수 없는 기이한 일, 신에 의하여 행해졌다고 믿어지는 불가사의한 현상'이라고 되어 있다. 그러면 책쓰기는 어떤 점에서 기이하고 불가사의한 것일까?

■ 책쓰기는 인생을 변화시킨다

책쓰기에 대한 관심이 높아지면서 책쓰기 관련 서적들이 시중에 많이 출간되었다. 『나는 도서관에서 기적을 만났다』, 『40대, 다시 한 번 공부에 미쳐라』 등으로 유명한 김병완 작가가 쓴 『인생을 바꾸는 기적의 글쓰기』와 『김병완의 책쓰기 혁명』도 그러한 책들 가운데 하나이다.

작가는 이들 책에서 "자신의 이름으로 된 책을 출간함으로써 인생이 뒤바뀌게 된다"는 것으로 '책쓰기의 기적'을 압축해서 설명하고 있다. 책쓰기는 평범한 사람을 비범한 사람으로 만들고 삶을 업그레이드시켜 준다고 얘기한다.

30대 후반의 나이에 200여권의 책을 집필하여 기네스북에 오른 김태광 작가도 『운명을 바꾸는 기적의 책쓰기』, 『책을 쓴 후 내 인생이 달라졌다』 등의 책을 통해 김병완 작가와 같은 생각을 전달하고 있다. 책을 쓰게 되면 '신분 상승'을 하게 되고 또 다른 세상이 펼쳐진다고 자신 있게 권하고 있는 것이다.

김병완 작가와 김태광 작가가 말하는 '인생의 변화', '운명의 변화'가 곧 '책쓰기의 기적'이다. 좀 더 구체적으로는 다음과 같은 것들이 이러한 기적에 포함된다.

● 어제와 전혀 다른 삶을 살게 된다.
● 작가의 오랜 꿈이 이루어진다.
● 자신을 브랜드화하고 몸값이 상승하며 전문가로서 인정을 받는다.
● 가슴 뛰고 신나는 '놀라운 삶'을 살게 된다.
● 나를 발견하고 알아가는 기쁨을 갖게 된다.
● 내 안의 천재성을 깨워 다른 사람이 된다.
● 보다 부지런해지고 시간활용을 잘 하게 된다.
● 반복되는 일상에서 탈출구를 찾는다.
● 책을 쓰면서 발전한다.
● 세상을 바꿀 수 있다.

■ 50·60대의 책쓰기에는 '플러스 알파'가 있다

이와 같이 책쓰기는 사람들을 끄는 엄청난 매력과 장점을 지니고 있고, 그래서 점점 더 많은 사람들이 책쓰기를 시도하고 있다. 이들은 대부분 30·40대이다. 50·60대 들어서 책쓰기를 시작하는 사람들은 아직까지는 그리 흔하지 않다.

하지만, 책쓰기는 50·60대도 충분히 할 수 있는 도전의 대상이다. "50·60대는 왜 못해?"라는 식의 오기가 아니라, 어쩌면 50·60대이기 때문에 더 필요하고, 더 잘 할 수 있는 것일 지도 모른다. 우리 모두는 50년 이상을 살아오면서 각각의 소설을 마음속에 갖고 있으니까 말이다.

그런데다가 50·60대에게 책쓰기는 노후대비라는 플러스 알파 측면도 있기 때문에 더욱 매혹적이라고 말해도 좋을 것이다.

노후생활의 조건에 대해서는 다양한 견해들이 있는데, 국내의 주요 은퇴연구소들은 행복을 위해 필요하거나 고려해야 할 요소·키워드로 다음과 같은 것들을 꼽고 있다.

연구소	주요 요소
삼성생명 은퇴연구소	돈, 건강, 원만한 가족관계, 긍정적인 마인드, 자신이 좋아하는 일, 사회적인 네트워크
한화생명 은퇴연구소	자산, 취미, 재미, 배우자·친구, 건강
미래에셋 은퇴연구소	일, 여행, 친구, 출근, 텃밭

시각에 따라 다소 차이가 있기는 하지만 자금, 일자리, 건강, 취미, 인간관계, 봉사 등이 기본적인 요건으로 제시되고 있다. 50·60대의 책쓰기는 이러한 모든 조건들을 충족시킨다. 그야 말로 더할 나위 없이 확실한 노후대책인 것이다. (이에 대해서는 3장에서 자세히 다룰 것이므로 여기서는 이 정도로 간단히 언급하고 넘어가도록 하겠다.)

"남자에게 참 좋은데…. 정말 좋은데…. 뭐라고 말할 수는 없고."라는 산수유 광고가 히트를 친 적이 있다. 책쓰기는 '50·60대에게 참 좋은 것'이라고 말하고 싶다. 언제까지 '어려울 거야'라고 생각하면서 아예 시작조차 하지 않을 것인가? '50·60대의 책쓰기 기적'에 함께 도전해 보자. 후회 없는 인생을 위해서.

02.
나도 작가가 될 수 있다

'나는 가수다'라는 TV 프로그램이 있다. 가수들이 여러 명 나와 노래를 부르고, 심사단으로부터 가장 낮은 평가를 받은 사람이 한 명씩 탈락해 끝까지 살아남는 사람이 승자가 되는 일종의 서바이벌 게임이다. 인기가 많아서 '나는 꼼수다'와 같이 '나는 가수다'를 패러 디한 말들이 나왔고, 얼마 전에는 '나는 국수다'라는 국수전문점까지 도 생겼다.

'나가수'('나는 가수다'의 줄임말)의 출연진이 기성 가수인 것과 달리 '위 대한 탄생'은 가수 지망생들을 대상으로 한 스타 오디션이다. 이 프 로그램 역시 많은 인기를 끌었는데, 1기 오디션에서는 백청강이라 는 연변 출신 중국동포가 우승해서 현재 국내에서 가수로 활동중이 다. 가난 때문에 제대로 식사도 못한 채 오디션에 나왔다는 얘기를 들 으며 가슴 아팠던 기억이 난다.

이 프로그램에서 한 명의 가수가 최종 선발되기까지 수많은 사람 들이 중도탈락의 슬픔을 겪어야 했다. 책쓰기는 이러한 프로그램처

럼 승자 한 명만을 위해 다수가 희생해야 하는 게임이 아니다. 누구
든지 원하는 사람은 책을 써서 '나는 작가다'라고 소리칠 수 있는 '공
존할 수 있는' 공간이다.

■ 평범한 사람들의 책쓰기

과거에는 책쓰기가 아무나 할 수 있는 일이 아니라, 학자나 정치
인 등 소수 그룹의 전유물로 인식되어 왔다. 그러다가 국민들의 수준
이 전반적으로 높아지고, 인터넷 등으로 자료도 쉽게 구할 수 있게
되면서 일반인들도 마음만 먹으면 쉽게 접근할 수 있게 되었다.

이와 같이 책쓰기가 일반에 '개방'되면서 '책쓰기 열풍'이라는 말이
나올 정도로 많은 사람들이 관심을 쏟고 있다. 어떤 사람들은 삶의
변화를 위해, 어떤 사람들은 자신의 발전을 위해, 혹은 성공을 꿈꾸
며 책쓰기를 시도한다.

책쓰기에 대한 관심이 높아지면서 책쓰기를 주제로 한 다양한 책
들이 발간되고, 책을 쓰는 방법을 가르쳐주는 과정이 개설되기도 하
고, 중·고등학교에서는 책쓰기 동아리들도 생겨나고 있다.

금년에 발간된 『나는 오늘도 축제 같은 사랑을 꿈꾼다』(김영아),
『퍼스널 브랜드 블로그 마케팅』(이태화), 『공짜 점심은 없다』(김진선·오
은수), 『소형 아파트 빌라 투자 앞으로 3년이 기회다』(이종길) 등은 전

문가가 아닌 일반인들이 쓴 책들이다.

책의 저자들은 동갑내기 독일남자와 결혼해서 신림동 달동네에서
사는 여성, 온라인 플랫폼 서비스와 콘텐츠를 개발하는 업체를 운영
하면서 블로그에 글을 올리고 있는 남성, 통번역대학원에 다니는 대
학원생, 자산운용사 펀드매니저, 대학교에서 근무하면서 부업으로
부동산투자를 하고 있는 중년남자 등 그야말로 평범한 우리 주변의
사람들이다.

책쓰기 열풍에 대해서는 부정적인 시각도 일부 있다. 책이 양산되
면서 질이 낮아졌다거나 책쓰기가 지나치게 자기 브랜드를 높이는 데
이용되고 있다는 점들이 지적되고 있다. 하지만, 많은 사람들이 책쓰
기를 하는 것은 국가 전체적으로 보면 긍정적인 현상이다. 우리 문화
의 수준을 그만큼 높이게 되고, 국가경쟁력 강화로도 이어질 수 있기
때문이다.

■ 밀리언셀러는 왜 못 써?

우리 사회의 책쓰기 열풍 속에서 50대의 평범한 사람들이 쓴 책들
도 나오고 있다. 『성공영업, 시스템으로 승부하라』, 『2주에 한 사이
즈 줄이기』, 『안녕하세요』 등이 그러한 책이다.

『성공영업, 시스템으로 승부하라』를 쓴 임종익씨는 15년간의 세

일즈 활동 경험을 책으로 썼다. 『2주에 한 사이즈 줄이기』를 쓴 이현아씨는 전업주부로 지내다가 44세의 나이에 운동을 시작해 현재 보디피트니스 선수이자 퍼스널 트레이너로 활동하고 있다. 『안녕하세요』는 50대 주부인 라문숙씨가 정원일·요리 같은 일상생활을 하면서 찍은 사진과 느낌을 책으로 엮은 것이다.

60대가 쓴 책으로는 『벼랑 끝에 서 있는 나무는 외롭지 않다』가 있다. 육군 준장으로 전역한 장석규씨가 60세에 스페인 산티아고 순례길을 걸은 후 쓴 에세이집이다. 황안나씨는 10년전 65세의 나이로 땅끝마을에서 통일전망대까지 혼자 도보여행을 한 경험을 『내 나이가 어때서?』라는 책으로 썼는데, 70대 중반이 된 지금도 활발한 활동을 하고 있다.

이와 같이 30·40대가 주류를 이루고 있는 책쓰기 공간에서 50·60대들도 당당히 얼굴을 내밀고 있다. 하지만, 아직 수적으로는 그리 많지 않은 것이 사실이다. 앞으로 50·60대들의 활동이 보다 활발해져서 이들이 쓴 책들을 많이 접할 수 있게 되기를 기대한다.

유홍준씨가 쓴 『나의 문화유산답사기』 시리즈는 현재까지 300만부 이상의 판매부수를 기록하고 있고, 이지성 작가의 『꿈꾸는 다락방』은 100만부 이상 판매되었다. 50·60대에 책쓰기를 시작한다고 해서 유홍준씨와 이지성 작가와 같은 밀리언셀러 작가가 되지 못하라는 법도 없다. 우리 내부의 잠재성을 깨운다면 얼마든지 가능성은 열려 있다. 50·60대여, 숨 한 번 크게 들여마시고 첫 발을 내딛어 보자!

03.
살아온 경험이 밑천이다

모닥불 피워놓고 마주 앉아서
우리들의 이야기는 끝이 없어라
인생은 연기 속에 재를 남기고
말없이 사라지는 모닥불 같은 것
타다가 꺼지는 그 순간까지
우리들의 이야기는 끝이 없어라

1970년대에 '목마와 숙녀', '세월이 가면' 등 우리에게 친숙한 노래들을 부른 박인희씨의 '모닥불' 가사이다. 노래의 리듬이 입 속에 맴돌면서 캠프파이어를 피워놓고 쭉 둘러앉아 노래를 불렀던 기억이 떠오른다. 이제는 오래 된 옛 추억이 되고 말았지만.

노래 속에서는 사람들이 모닥불 앞에 앉아 이야기를 나누고 있다. 둘인지 그 이상인지, 연인 사이인지 아니면 삶의 의미를 막 논하기 시작한 젊은 청춘들인지 알 수 없지만, 이들의 대화는 모닥불이 꺼질 때까지 계속될 만큼 무궁무진했던 모양이다.

우리들도 노래 속의 연인·청춘들처럼 각자의 마음 속에 수많은 이야기들을 간직하고 있다. 몇 날 며칠 밤을 새워가며 해도 다 못할 만큼의 이야기들을.

■ 자신의 이야기를 쓰는 사람들

평범한 사람들의 책쓰기가 일반화되면서 자신의 이야기를 책으로 엮어내는 사람들이 많이 나오고 있다. 직접 겪은 이야기를 쓰니까 글이 생생하고 생동감 있으며, 자신감도 묻어난다.

배우 하지원씨도 그러한 사람들 가운데 하나이다. 지난 2012년 발간된 『지금 이 순간』이라는 책을 통해 자신의 삶과 일상의 이야기들을 담담히 풀어나가면서 배우로서 생활하면서 느낀 기쁨과 아픔을 그대로 보여주었다.

최근에 자기의 경험을 책으로 낸 사람들 가운데는 이성열씨가 눈에 띈다. 그는 20년간 특전사에서 중대장, 대대장, 심리전 장교 등으로 근무한 후 정년퇴직하고 현재는 특수전 전략연구소를 운영하고 있다.

이성열씨는 본인의 특전사 경험을 토대로 『진짜 사나이들의 인생수업』이라는 책을 냈다. 특전사 요원들의 극기훈련·심신단련 사례 등을 들어가면서 젊은이들에게 열정, 도전, 극기, 단련, 끈기, 최고,

의리, 희생 등 무한경쟁 속에서 살아남기 위해 필요한 8가지 교훈을 제시하고 있다.

강력계 출신의 곽명달씨는 자기계발서나 인문학 서적이 아닌 소설을 썼다. 그는 1977년 순경으로 경찰에 들어가 37년간 강력팀장과 형사팀장·과장 등을 거쳐 부산 동래경찰서장으로 근무했다.

그가 쓴『범죄의 재구성』은 '현직 수사관의 실화 소설'이라는 부제가 말해주듯 강력계 형사로 근무하면서 겪었던 실제 사건들을 바탕으로 한다.

일본에서는 성공한 기업인들이 자신의 경험을 토대로 경영노하우와 영업성공 비결을 담은 책을 쓰는 것이 불문율로 되어 있다고 한다. 일종의 노블레스 오블리제라고나 할까. 받은 것을 사회에 환원한다는 사회적 책임의식에서 비롯되었을 것 같다.

■ 한 발짝 앞서 출발하는 50·60대

50·60대에 책쓰기를 시작하는 것이 어렵지 않겠느냐며 아예 두려움부터 갖는 사람들이 많다. 그동안 단 한 번도 책을 써보지 않은 이상 책쓰기를 어려운 대상으로 생각하는 것은 당연한 일이다.

하지만, 50·60대에게는 젊은 사람들에게 부족한 강력한 '무기'가 있다. 바로 경험이다. 어떤 책이든 결국 작가의 지식과 느낌, 생각이 녹아들어 있어야 되는데, 살아오면서 풍부한 경험을 축적한 50·60대는 그런 점에서 다른 주자들보다 유리한 위치에 있다고 해도 좋을 것이다.

우리 모두는 이 세상에서 단 하나뿐인 특별한 삶을 살아왔다. 겉으로 보기에는 비슷한 삶일지라도 자세히 들여다보면 똑같은 삶이란 하나도 없다. 그래서 우리들 각각은 자신만의 스토리를 갖고 있다고 말할 수 있다.

이러한 우리들 각자의 독특한 스토리는 그 자체가 책이다. 단지 남은 문제는 그것을 읽을 수 있는 책으로 엮어 내느냐 하는 것이다. 다소 힘든 과정이 기다리더라도 과감히 도전해 볼 것인가, 아니면 그냥 나의 소멸과 함께 사그라지도록 내버려 둘 것인가? 이것은 각자에게 주어진 선택이다.

04.
책쓰기에 올인할 필요는 없다

제주도 성산읍에는 섭지코지가 있다. 바다 쪽으로 뻗어나간 언덕과 푸른 바다가 어우러져 한 폭의 그림 같은 느낌을 주는 곳이다. 이곳에는 지난 2000년대초 인기 드라마인『올인』에서 여주인공 송혜교가 살았던 수녀원 세트장이 있다.

섭지코지가 워낙 아름답기도 하지만, 드라마 세트장까지 위치해 있어 관광지로 많은 인기를 끌었다. 얼마 전에 세트장이 쿠키하우스로 바뀌어서 옛날 모습을 기대하고 오는 사람들에게는 다소 실망스런 일이지만.

'올인'은 포커에서 한 번에 판돈을 모두 거는 것을 가리키는 용어다. '올인'이라는 제목에서 느껴지듯 드라마는 인생의 전부를 걸고 벌이는 남자들의 승부 세계를 다룬다.

드라마에서와 마찬가지로 책쓰기도 올인을 해야 한다고 생각하는 사람들이 많은 것 같다. 엄청난 시간을 투입해야 하기 때문에 일상의 모든 것을 포기해야 한다고 지레 겁을 먹고 있다. 정말 책쓰기는 올인이 필요한 것일까.

■ 책쓰기에 필요한 시간

책에 따라, 쓰는 사람에 따라 책쓰기에 필요한 시간은 차이가 크다.

김형오 전 국회의장은 정계에서 은퇴한 후 『술탄과 황제』라는 책을 써서 콘스탄티노플이 함락되는 과정을 서술했는데, 수백 권의 관련서적을 읽고 역사 현장을 답사하는 작업을 거쳐 최종적으로 책이 나오기까지 4년이 걸렸다. 울산 동구청 공무원인 권성욱씨가 쓴 916쪽 분량의 『중일전쟁』은 집필에만 5년이 소요되었다.

이보다 훨씬 많은 10~20년의 기간이 걸린 경우도 있다. 공무원으로 일하다 퇴직한 최진호씨는 최치원의 일대기를 5권의 대하소설로 썼는데, 자료를 모으고 유적지를 답사하는데 20년, 소설을 쓰는데 3년이 걸렸다.

하지만, 모든 책들이 다 이렇게 오랜 시간이 걸리는 것은 아니다. 몇 달만에 책이 나오기도 하고, 어떤 책은 며칠 만에 집필이 완료되어 출판 작업에 들어가기도 한다.

A4 용지(글자크기는 10폰트) 120매면 250쪽 내외의 책 한 권 분량이

된다. 1일 2매씩 쓴다고 가정하면 한 달에 60매, 두 달에는 120매를 쓸 수 있으니까 단순 계산으로는 출판과정까지 포함하더라도 3개월 정도면 책 출간이 가능하다. 물론 책의 주제에 따라서는 깊이 있는 연구를 위해 자료를 수집하고 소화하는 데에 많은 기간이 필요하겠지만.

■ 책쓰기를 위한 나만의 시간

책쓰기에 필요한 시간을 계산하기 위해 1일 2매의 책쓰기를 가정했는데, 책쓰기에 익숙한 사람이라면 이 정도 분량은 2~3시간 정도면 작성할 수 있다. 이러한 계산법이라면 책쓰기에 올인을 하지 않아도 된다는 얘기가 된다.

그렇다면 이제 우리는 어떻게 하루 2~3시간을 확보할 수 있을지만 고민하면 될 것이다.

직장생활을 하고 있는 경우라면 퇴근 후 2~3시간을 '내 것'으로 만들겠다는 확고한 의지가 핵심일 것이다. 소파에 눕고 싶고, 잠을 더 자고 싶고, 친구들과의 술자리 약속도 만들고 싶겠지만, 그런 '유혹'을 뿌리쳐야 한다.

회사에 다니면서 『임상병리사를 위한 의료관계법규』 등의 책을 쓴 김형준씨는 퇴근 후에 업무 외에 개인적인 약속은 일절 하지 않고 밤

1시까지 책을 쓰는 일에만 몰두했다.

대전중부경찰서장으로 근무하다 정년퇴직한 정기룡씨는 은퇴준비 경험담을 엮어 『퇴근 후 2시간』이라는 소설 형식의 책을 냈다. 저녁 시간을 확보하기 위해 '회식은 점심에, 저녁은 각자'라는 원칙까지도 선포했다고 하니 퇴근 후 시간을 활용하기 위한 저자의 노력에 박수를 쳐주고 싶다.

퇴근 후 2~3시간을 온전히 책쓰기에 투입할 수 있도록 하기 위해서는, 사무실에서 점심시간을 이용해서 신문과 인터넷 등에서 책쓰기에 활용할 수 있는 자료를 찾아보는 것도 좋은 방법이다. 집에서 자료를 찾느라 시간을 보내면 정작 집필을 할 수 있는 시간은 별로 안될 테니까.

은퇴를 한 경우라면 자칫 나태함에 빠질 수 있는 점을 주의해야 하는데, 자신을 컨트롤할 수 있는 가장 좋은 방법은 하루 중 일정한 시간을 책쓰기에 할애해서 규칙적인 생활습관을 갖는 것이다.

소설가 김연수씨는 작업실에 '출근'해서 오전, 오후, 저녁 2시간씩 글을 쓰고, 허영만 화백은 오전 6시부터 오후 1시까지 그날 일할 분량을 마친 후 자신을 '해방'시킨다고 한다. 우리의 책쓰기에 참고하면 좋을 듯싶다.

05.
무엇을 하든 책은 써라

러시아의 노벨상 수상작가인 보리스 파스테르나크의 소설을 영화화한 『닥터지바고』에서 주인공인 유리(오마 샤리프 분) - 의사이자 시인 - 는 혁명 후 지식인에 대한 박해를 피해 우랄산맥 오지의 바리키노 마을로 내려간다.

실의에 빠져 지내던 유리는 어느 추운 겨울날 밤에 일어나 입김으로 손을 불어가며 시를 쓰기 시작한다. 유리가 다시 펜을 잡는 모습이 온통 눈으로 뒤덮인 벌판과 얼음 궁전으로 변해버린 저택과 대비되면서 깊은 인상을 남긴다.

우리는 유리에게서 개인의 힘으로는 어쩔 수 없는 역사적 현실 앞에 서 있는 나약한 지식인의 모습을 본다. 그러면서도 계속해서 시를 씀으로써 '희망을 잃지 않고 꿋꿋하게 살아가겠다'는 의지를 보여주고 있어 가슴 벅차다.

■ 절망 속에서도 책을 쓰다

『해리포터』를 쓴 조앤 롤링에게서도 우리는 유리 지바고와 같은 희망을 본다. 실직을 한데다 혼자 아기를 키워야 하고, 아이한테 먹일 분유마저도 다 떨어진 극한적인 처지에서도 작가는 멈추지 않고 글을 써서 『해리포터』를 완성한다.

조창인 작가는 백혈병을 앓는 아들을 살리기 위해 자신을 희생하는 아버지의 이야기인 『가시고기』를 써서 IMF 상황에서도 150만부의 판매량을 기록했다. 작가는 『가시고기』에 앞서 출간한 작품들이 연이어 실패하고 집이 경매로 넘어가는 상황에서도 굴하지 않고 글을 썼다. (작가는 아내의 헌신적인 뒷바라지가 큰 힘이 되었다고 밝힌 바 있다.)

『살아온 기적, 살아갈 기적』, 『문학의 숲을 거닐다』 등 많은 에세이집을 남긴 장영희씨도 우리에게 절망을 넘어서는 힘찬 모습을 보여준다. 그녀는 어렸을 때 소아마비에 걸려 평생 장애인으로 지내고, 유방암·척추암·간암으로 세 차례나 암 투병을 하면서도 글쓰기를 했다.

조앤 롤링과 조창인·장영희씨 모두 어려운 상황에서도 글쓰기를 중단하지 않았다. 그래서 조앤 롤링은 전세계 어린이들에게 꿈과 상상력을 키워주는 작가로서 성공하고, 조창인씨는 자식을 위해서 자신의 생명까지도 내주는 아버지상을 그려냈으며, 장영희씨는 사망 후에도 우리들에게 긍정과 희망의 메시지를 전해주고 있다.

■ 삶을 이야기하다

일상생활 속에서, 혹은 일을 하면서 직접 체험하거나 느낀 점들을 기록하여 책으로 엮어낸 사람들이 적지 않다.

주부인 전은주씨는 여름방학 때 아홉 살 딸아이와 다섯 살 아들을 데리고 한 달간 제주도에서 생활한 경험을 『제주도에서 아이들과 한 달 살기』라는 책으로 냈다. 도시에서 살던 아이들이 스마트기기와 TV 없이도 바닷가와 도서관에서 재미있게 지내는 모습을 기록함으로써 아이들을 키우는 엄마들에게 제주도에 가서 살아보는 꿈을 갖게 했다.

서울 생활을 그만두고 경남 함양의 지리산 자락 산골마을로 들어간 유진국·육현경 부부는 12년간의 귀농 생활을 『반달곰도 웃긴 지리산 농부의 귀촌이야기』로 펴냈다. 이들 부부는 귀농 후 꾸준히 귀촌일기를 SNS에 올렸는데, 좋은 반응을 얻자 책으로 출판했다.

밀양시청에서 관광 업무를 담당하고 있는 배재홍씨는 주말마다 틈틈이 촬영한 풍경사진과 수필을 엮어 『밀양산책』이라는 책으로 발간했다. 《아름다운 밀양을 서정적으로 표현했다》는 평가를 받았다.

개그맨 최형만씨는 『북. 세. 통. 』(북으로 세상과 통하다)을 썼다. 수많은 책을 읽으면서 깨닫게 된 인생의 통찰과 지혜를 담았는데, 책을 출간한 이후 여러 기업과 단체에서 강연 요청이 쇄도해서 소통과 유머를 주제로 활발한 강연 활동을 하고 있다.

책을 쓴 사람들은 주부, 귀농인, 공무원, 개그맨 등 다양한 직업을 가진 평범한 사람들이다. 이들은 모두 자신의 일상생활과 느낌에 대해 꾸준히 적고, 이를 책이라는 매체를 통해 세상 사람들과 공유했다.

■ 50·60대에게 책쓰기는 필수다

50·60대에게는 '인생 2막', '제2의 인생' 등으로 불리는 '인생 후반부'가 기다리고 있다. 그간 걸어온 길을 계속 걸어가는 사람도 있을 것이고, 지금까지와는 다른 삶을 살아보고 싶은 사람도 있을 것이다. 경제적 문제가 아직 해결되지 못해 다른 것에는 신경을 쓸 여력이 없는 사람도 있을 것이다.

그 어떤 경우든 책쓰기는 반드시 도전해봐야 할 대상이다. 이 장(챕터)의 첫 꼭지에서 쓴 것처럼 '책쓰기는 기적을 만든다'. 책을 씀으로써 새로운 인생을 살게 되고, 내 안의 천재성을 발견할 수 있고, 혹시 여러 가지 일들로 심적으로 힘든 상황이라면 내면의 치유도 기대할 수 있다.

그리고, 무엇보다도 책을 쓰게 되면 우리의 삶을 풍요롭게 할 수 있는 더 많은 기회와 만날 수 있다. 하고 있는 일을 알리는 홍보효과를 통해 '성공'으로 한 발짝 더 다가설 수도 있다.

   '이 세상에 단 하나뿐'인 삶을 살아온 50·60대들은 자신을 위해서도, 경험을 사회적으로 공유한다는 차원에서도 한 번쯤은 꼭 책쓰기를 해봐야 한다. 방법은 간단하다. 어떤 상황에 처하든, 어떤 일을 하든 꾸준히 기록하고, 그것을 하루 2~3시간씩 글로 쓰면 된다. 자, 망설이지 말고 시작해 보자!

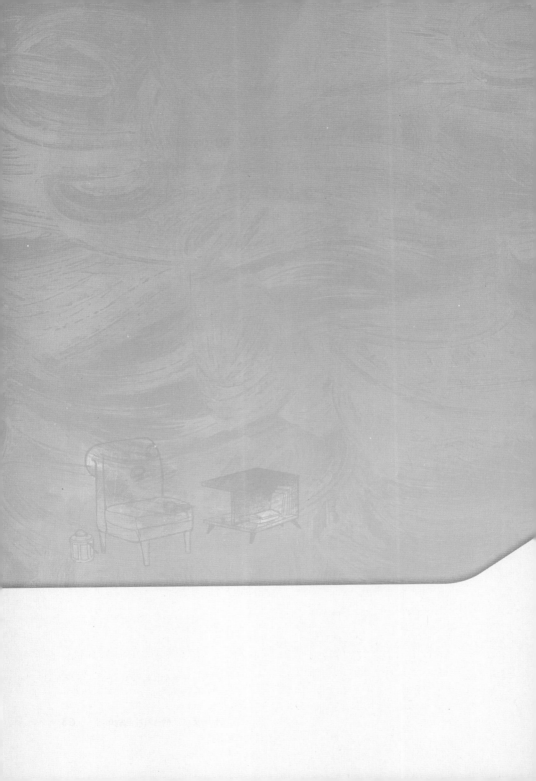

Chapter 3

책쓰기는
확실한
노후대책이다

01.

평생직장이 따로 없다

　얼마 전 호주 시드니에 사는 92세 노인이 63년 동안 운영해온 자신의 허름한 음료수 가게에서 마지막 날까지 일하다 세상을 떠났다는 뉴스가 있었다. 노인은 건강이 좋지 않아 입원했는데 퇴원을 간청해서 가게로 돌아갔으며, 사망하기 전날까지도 가게 문을 열었다.

　아들에 따르면 노인은 항상 가게가 열려있어야 한다고 생각했고, 혹시 늦게 음료를 마시러 오는 손님이 있을 수도 있다며 밤 10시까지 가게를 열어두었다고 한다. 손님이 거의 없는 가게였지만, 기운이 없어 대부분의 시간을 소파에 앉아 보내면서도 가게 문을 닫는 일이 없었다는 것이다.

　노인에게 가게는 어떤 의미였을까? 가게 일을 통해 자신이 살아있음을 확인하고, 어쩌면 가게가 살아가는 이유 그 자체였을지도 모르겠다는 생각이 든다. 평생을 함께 해오다시피 한 가게였기 때문에 더더욱 그랬을 것 같다.

■ 노년에게 일은 돈벌이 이상이다

국내에서 열리는 취업박람회장마다 일자리를 구하려는 중장년과 노인들로 북적인다. 경제적 문제가 일자리를 찾는 주요한 이유이겠지만, 꼭 그렇지 않은 사람들도 많은 모양이다. 현장면접에서는 "할 일 없이 노는 건 싫다. 다시 일하고 싶다"고 직접적으로 말하는 사람도 있다고 한다.

'일'은 대체로 ①생계유지 ②사회활동 참여 ③자아실현 ④자기계발 ⑤인간관계 형성 등의 측면을 지닌다. 노령화 사회로 들어서면서 생계수단으로서 일의 중요성 못지않게 여타 요소들도 점차 무게를 더해 가고 있다. 안정되고 우아한 노년을 보내기 위해서는 돈이 필수요건이기는 하지만, 그렇다고 행복을 보장해 주는 것은 아니기 때문이다.

한국보건사회연구소는 금년초 보고서를 통해 "노인들이 일자리를 선택할 때 생계비 마련에 대한 필요뿐 아니라 일의 즐거움, 일의 양과 시간에 대한 욕구가 증가하고 있다"고 발표했다. 그러면서 "경제적인 욕구와 사회 참여에 대한 욕구를 동시에 충족시켜 줄 수 있는 직종과 근로환경을 창출해야 한다"고 했는데, 이러한 주장도 같은 맥락일 것이다.

잠자리에서 일어났는데 '오늘 하루를 또 어떻게 보내야 하나?' 하는 것을 고민해야 하는 상황을 떠올려 보면 노년기에도 일자리를 찾는 것이 충분히 이해가 된다. 하루하루가 지루하기만 하다면 살아갈 날들이 아무리 많더라도 반갑지 않을 것이다.

우리 정부가 '어르신 일자리 확대'를 국정과제로 정하고, '일하는 장년, 활력과 보람있는 노후'라는 슬로건 아래 재취업과 고용안정을 추진하는 데에는 이러한 점들이 고려되었을 것이다. 그렇지만, 아직은 기대하는 만큼의 일자리 창출로 이어지지 못하고 있으며, 여전히 많은 은퇴자들은 취업을 기다리고 있다.

■ 현역으로 사는 여러 가지 방법

일자리를 구하기 힘들고, 일이 삶에서 갖는 중요성이 점차 확대되고 있어서일까? '평생 현역으로 살 수 있는 방법'에 대해 많은 사람들이 고민을 하고 있고, 이와 관련된 책들도 여러 권 출간되었다.

『평생 현역으로 살아가는 법』(수희향, 김혜진 외)은 그러한 책들 가운데 하나이다. 학원강사에서 신화연구자 겸 작가가 된 사람, 회사원에서 공기치료사로 삶을 전환한 사람, 대기업 임원을 그만둔 후 은퇴설계 강사가 된 사람 등 9명의 이야기를 담고 있다.

특정 직업을 소개하는 책자도 발간되었는데,『여행작가의 모든 것』(문윤정), 『가슴이 뛰는 한 나이는 없다』(김옥), 『인포프래너』(송숙희)에서 저자들은 평생 현역으로 살 수 있는 직업으로 여행작가, 번역가, 인포프래너를 권하고 있다.

책쓰기 코치이자 출판프로듀서인 송숙희씨가 소개한 '인포프래너'는 정보(information)와 기업가(enterpreneur)의 합성어로서 자신이 가진 지식과 기술을 이용하여 신입사원을 교육하거나 현장업무를 지원·강의하는 사람을 가리키는데, 우리에게는 생소하지만 미국과 일본 등에서는 이미 어느 정도 정착되어 있는 직종이라고 한다.

현역으로 살 수 있는 일은 어떤 것들이 있는지 책에서 찾아보았지만, 이것은 가능한 수많은 일들 가운데 단지 몇 가지 사례일 뿐이다. 나이가 들어서도 기업체 CEO 활동을 계속하거나 귀농·귀촌하여 인생 2모작을 하는 등 할 수 있는 일들은 많다.

그런 걸 보면, 현역으로 살아갈 수 있는 일이 특정 분야에 국한된 것은 아니며, 각자가 관심을 갖고 있는 일이라면 어떤 것이든 가능하다고 할 수 있을 것 같다.

■ 노년의 책쓰기는 평생직업이자 블루오션이다

평생 현역으로 살 수 있는 일들의 중심에 이 책의 주제인 책쓰기가 있다. 혹자는 수많은 일들 가운데 하나일 뿐이라고 평가절하 할 수도 있을 것이다. 하지만, 글쓰기에 관심이 있고, 작가가 되어 자신의 이야기와 생각을 세상에 맘껏 펼쳐 보이고 싶은 50·60대라면 책쓰기는 더할 나위 없이 좋은 평생의 일자리가 될 수 있다. 꿈만 꾸어온 일을 신나게 하면서, 수입까지 덤으로 얻을 수 있으니 '꿩 먹고 알 먹는' 일이기도 하다.

젊은 사람들이 주역으로 활동하는 책쓰기 공간에 나이 들어서 진입하는 것이 쉽지 않을 것이라고 미리부터 걱정하는 사람들도 있을 것이다. 요즘 출판계 사정이 안 좋다는데 '치열한' 경쟁에서 살아남을 수 있을지 염려가 될 수도 있다.

하지만, 이렇게 생각해 볼 수도 있지 않을까? 이 세상에는 이야기할 주제가 무궁무진하고, 나이가 들어야만 비로소 소화할 수 있는 주제 – 예를 들어 이 책과 같이 50·60대를 대상으로 하는 – 도 많이 있어서 충분히 공존이 가능하다고. 나이가 들어 책을 쓰는 사람이 적어서 오히려 블루오션이 될 수도 있다고.

출판계가 어려움을 겪고 있기는 하지만, 내용이 좋은 책들이 많이 나온다면 오히려 이들에게 '먹거리'를 제공해 주는 긍정적 효과도 기대할 수 있을 것 같다.

60~70년대에 젊은이들에게 많은 정신적 영향을 끼쳤던 김형석 연세대 명예교수는 96세인 현재도 책을 쓰는 일을 계속하고 있다고 한다. 노년에, 그것도 100세 가까운 나이에 책쓰기를 한다는 것은 얼마나 멋진 일인가! 평생 현역으로 책을 쓰는 김형석 교수의 모습은 '아직은 젊은' 우리들의 가슴을 설레게 하기에 충분하지 않은가.

02.
인세는 기본, 강연료는 보너스다

지난해 말 케이블채널 tvN에서 『미생』이라는 드라마가 방영되어 큰 인기를 끌었다. 프로바둑 입단에 실패하고 대기업 인턴사원으로 입사한 주인공 장그래를 중심으로 회사원들의 삶과 인간관계를 그림으로써 시청자들의 공감을 얻어냈다. '미생(未生)'은 돌이 완전히 살아 있지 않은 상태를 가리키는 바둑용어이다. 직장인들의 불안한 삶을 상징적으로 보여주는 데 딱 맞는 제목이 아니었나 싶다.

이 드라마는 동명의 만화를 원작으로 제작되었는데, 드라마가 성공하면서 원작 만화를 찾는 사람들도 크게 늘어 만화를 그린 윤태호 화백은 인세 수입으로 20억원 이상을 벌었다고 한다. 윤태호 화백은 이 만화가 성공하기 전까지는 빚에 허덕일 정도로 어렵게 살았다고 하니 '고생 끝에 낙'을 보았다고 할 수 있을 것이다.

■ 책 쓴 후 인세는 얼마나 될까?

인세는 '계약에 의하여 저작물을 발행하여 판매하는 사람이나 단체가 판권소유자인 저작자에게 저작물이 팔리는 수량에 따라 일정한 비율로 치르는 돈'이다. 한자로는 印稅(도장 印 + 세금 稅)라고 쓰는데, 전에는 저작자가 도장을 찍은 개수만큼 돈을 지불받았기 때문에 이러한 용어가 만들어졌다고 한다.

작가가 출판사와 계약해서 책을 출판하게 되면 인세를 받게 된다. 출판사에 따라 차이가 있는데, 발행부수 만큼 인세를 받기도 하고, 판매되는 부수를 보아가면서 1개월, 3개월 등 주기적으로 받기도 한다. 책값에다가 발행부수(또는 판매부수)와 인세율을 곱하면 나오는 금액이 작가가 받는 인세이다. 인세율은 작가의 지명도에 따라 다르며 보통 7~10% 수준이다.

> 인세 = 책값 x 발행부수(또는 판매부수) x 인세율

김난도 교수가 쓴 『아프니까 청춘이다』는 150만부 정도 팔렸다고 하는데, 인세율을 8%로 가정한다면 정가가 1만 4,000원이니까 인세는 16억 8,000만원이라는 계산이 나온다. 소설가 신경숙씨가 쓴 『엄마를 부탁해』는 200만부 이상 판매되었는데, 문학책의 경우 인세율이 10% 수준이라고 하니 인세는 단순계산으로 24억원(1만 2,000원 × 2,000,000 × 0.1)이다.

현실로 돌아와서 우리 50·60대가 처음으로 책을 써서 받을 수 있는 인세는 얼마나 될지 계산해 보자. 보통의 경우 초판 1쇄 발행부수가 2,000부 또는 3,000부이고(요즈음에는 책 읽는 사람이 많지 않은 현실을 감안해서 1,000부~1,500부를 찍기도 한다), 단행본 가격이 대체로 1만 3,000원 정도니까, 인세율을 7%로 가정한다면 인세는 182만원이나 273만원이 될 것이다.

베스트셀러와 비교하면 '껌값도 안 되는' 액수이다. 책을 완성하기까지 투입된 엄청난 노력과 시간과 대조해 봐도 도저히 '수지가 안 맞는 장사'이다. 하지만, 책이 독자들로부터 사랑을 받아 많은 양이 판매될 수도 있고, 책쓰기를 지속적으로 해서 1년에 3~4권 발간하게 되는 경우에는 수입도 늘어나게 될 테니까 그리 비관적이지만은 않다.

그리고, 또 한 가지가 있다. 저작권법에 따라 저작재산권은 저자의 생존기간중에는 물론이고 사후에도 70년간 보호를 받는다. 책이 스테디셀러가 되어서 계속해서 판매된다면 발행·판매 부수 증가에 따라 인세를 추가 지급받게 될 것이고, 우리가 이 세상과 작별한 이후에도 인세는 지속 발생할 테니까 뒤에 남은 가족들에게 주는 선물이 될 수도 있을 것이다.

■ 강연료는 얼마나 받을 수 있을까

책이 출간되어 어느 정도 유명세를 타게 되면 기업체, 학교, 도서관, 연수기관, 문화센터, 주민센터 등 다양한 곳에서 강연 의뢰가 들어올 수 있다. 강연 기획자들은 저서가 있는 강사를 선호한다. 저서가 있으면 그 분야의 전문가라고 생각하게 되고, 강의 내용도 충실할 것이라고 신뢰감을 갖게 되기 때문이다.

『친절한 과학책』의 저자인 이동환씨는 2013년에 책을 출간한 이후 좋은 평가를 받아 1급 강사 수준의 강연료를 받고 강연회에 다니고 있다. 섬진강 시인으로 잘 알려진 김용택 시인의 경우는 칠순을 앞둔 나이에도 월 평균 15일에서 20일 정도 강연을 나간다고 한다.

그러면, 강연료 수준은 얼마나 될까? 자기계발 전문가인 브라이언 트레이시가 지난 2003년 처음으로 우리나라를 방문했을 때 2시간 강연을 하고 8억원을 받았다. 힐러리 클린턴 전 미국 국무장관은 대학 강의에서 회당 2억원을 받음으로써 고액 강연료 논란에 휩싸이기도 했다.

이것은 극단적인 예를 든 것이고, 우리나라에서 강사들이 실제로 받는 강연료는 '특급 강사'일 경우 회당 최대 1,000만원 수준인 것으로 알려져 있다. 대체로 강사들이 기업에서 강연을 하게 되면 100만원~500만원의 강의료를 받으며, 대학이나 공공기관의 강연료는 10만원~50만원 수준으로 이보다 훨씬 낮다.

책이 인기를 끌게 되면 강연뿐 아니라 방송 출연과 칼럼 기고 등으로까지 이어질 수도 있을 것이다. 이렇게 되면 '몸값'이 더욱 더 올라가는 선순환을 통해 정신없이 바쁜 노년을 보내야 할지도 모른다. 그런 노년을 살아보는 것도 나쁘지 않은 선택일 것 같다.

■ 하루아침에 유명해질 수도 있다

책을 쓰더라도 출판해줄 출판사를 찾기 힘들지 모르는데 인세와 강연료에 대해 희망적인 얘기부터 하는 것은 현실을 제대로 직시하지 못한 채 지나친 '장밋빛 환상'만을 심어주는 것이 아니냐는 지적이 있을 수 있다.

하지만, 그렇지 않다. 책을 쓰고, 강연을 하게 되는 삶의 변화는 절대 불가능한 일이 아니다. 현대는 차별화와 독특성이 강조되는 시기이다. 자신만의 이야기를 찾아 접근한다면 50·60대라도 충분히 변화의 기회를 만날 수 있다.

18세기말~19세기초를 살았던 영국 낭만파의 대표적 시인 바이런은 "아침에 일어나니 유명해졌다"고 말했다. 우리 50·60대도 그렇게 될 수 있다. 그 출발점은 책쓰기이다.

03.
누군가에게 힘이 된다

꽉 짜여진 스케줄대로 사는데 지친 공주가 몰래 궁을 빠져나온다. 특종기사를 찾아 로마에 온 기자를 우연히 만나 트레비 분수, 진실의 입 등 이곳저곳을 함께 돌아다니면서 즐거운 시간을 보낸다. 두 사람은 서로에게 끌리지만 공주가 궁으로 돌아가야 할 시간이 돌아오고, 기자는 공주와 보낸 시간을 마음 속에만 간직하기로 하고 특종기사를 쓰기 위해 찍은 사진들을 공주에게 건네준다.

오드리 헵번이 그레고리 팩과 함께 출연한 『로마의 휴일』 줄거리이다. 영화는 1953년에 제작되어 전세계적으로 큰 인기를 끌었다. 국내 TV에서도 여러 번 방영되어서 현재 50·60대를 사는 사람들이라면 다들 보았을 것이다.

영화의 주인공인 오드리 헵번은 담낭암으로 64세의 비교적 이른 나이에 세상을 떠났는데, 마지막 5년간은 유엔 아동기금인 유니세프의 친선대사로 소말리아, 케냐 등 50여개 국가를 다니면서 굶주림과 병으로 죽어가는 어린이들의 현실을 알리는 데 쏟았다. 그래서 단순히 은막의 스타가 아니라 나눔과 봉사의 삶을 실천한 사람으로 우리에게 기억되고 있다.

■ 사회봉사는 노년의 가치를 높인다

선진국으로 갈수록 자원봉사 활동이 늘어난다. 우리나라에서도 생활수준이 향상되면서 봉사활동에 관심을 갖는 사람들이 점차 많아지고 있다.

봉사활동은 다른 사람들에게 도움을 줄뿐만 아니라 개인적으로도 행복을 추구하는 방법이다. 실험 결과에 따르면 자원봉사 활동은 쾌락과 즐거움 등에 관련된 신호를 전달하여 행복감을 느끼게 하는 신경전달물질인 도파민 분비를 촉진시킨다고 한다. 봉사활동의 효과가 과학적으로도 입증되고 있는 셈이다.

자원봉사의 중요성이 인식되면서 노년의 삶에서도 핵심적인 부분이 되고 있다. 전에는 단순한 봉사활동이 주를 이루었지만 지금은 재능기부 등으로 내용도 다양화되고 있다.

85세의 한 전직 의사는 의사 시절에 배운 오카리나(점토나 도자기로 만든 간단한 취주악기)로 노인종합복지관에서 오카리나 교실을 열어 회원들을 가르치고, 단원들과 함께 요양원에서 연주 봉사도 하고 있다.

재직 시절에 익힌 국선도 실력으로 퇴직 후에 국선도 교실을 열어 지역주민들을 가르치면서 노후를 보내는 전직 공무원도 있다. 몸이 불편한 환자나 노인들을 대상으로 뜸을 놓아주기도 하는데, 적지 않은 보수를 받을 수 있는 일자리를 알아봐 주겠다는 지인들의 권유도 있었지만 사양했다고 한다.

45년간 교직에 근무한 후 퇴직한 한 노인은 대학과 노인복지관 등에서 마술 재능기부 공연을 하고, 노인대상 치매예방교육을 하고, 청소년들에게 예절지도 교육을 하고, 대학병원에서 안내봉사를 하고, 시니어클럽에서 유치원생을 돌보는 등 1인 5역을 하기도 한다.

이와 같이 봉사활동에는 따로 정해진 목록이 없다. 어떤 형태든 봉사활동을 하는 이들은 하나같이 "받는 것보다 베푸는 것이 행복하다"고 말한다. 은퇴 후의 삶은 각자가 처한 상황에 따라 새로운 일자리를 찾거나 즐기는 삶을 사는 등 여러 모습이겠지만, 봉사하는 기쁨을 느껴보는 것도 보람이 있을 것 같다.

■ **책쓰기로도 봉사활동이 가능하다**

봉사활동의 대상은 주변의 어려운 이웃일 수도 있고, 지역사회일 수도 있고, 국가일 수도 있다. 산악인 엄홍길씨가 네팔 오지마을에 학교를 지어주는 프로젝트를 추진하듯 범위를 전세계로 넓힐 수도 있을 것이다. 어떤 경우든 본질은 '남을 위해서 일하는 것'이다. 그런 의미에서 본다면 책쓰기도 하나의 봉사활동이 될 수 있다.

책을 낸 후 독자들로부터 반응이 좋으면 저자에게 강연 요청이 온다. 기업체와 정부 기관 등 다양한 곳에서 의뢰가 들어오게 되는데, 도서관·대학교·주민문화센터 등에서 학생과 지역주민들을 대상으로 무료 강연을 한다면 일종의 재능기부가 될 수 있다.

교보문고가 지난해 5월부터 1년여간 푸르메재단 등과 공동으로 '기적의 책 캠페인'을 펼쳤다. 매달 책 20종을 선정하고, 고객들이 교보문고 오프라인 매장에서 이들 책을 구입하면 권당 1,000원이 서울 마포구 상암동에 짓는 어린이재활병원에 자동 기부되는 행사다. 작가가 쓴 책이 '기적의 책'과 같은 행사에 포함된다면 기부활동에 간접 기여하는 결과가 될 것이다.

하지만, 무엇보다도 책쓰기를 통해 실현할 수 있는 가장 큰 사회적 봉사는 책을 읽는 독자들에게 감명을 주어서 이들의 삶에 영향을 미치는 것일 것이다. 진로를 결정해야 하는 학생들이 방향을 정하는 데 등대 역할을 하고, 어려운 상황에 처한 사람들에게 위로가 되고 해결책을 찾는 데 도움이 된다면 그야말로 최고의 봉사활동이 아닐까 생각된다.

교통사고로 온몸의 뼈가 부러지는 중상을 입고 20대의 끝을 병원에서 보내야 하는 여성이 자신의 삶의 궤도로 돌아올 수 있도록 해주는 것, '누군가의 탓으로 돌리지 않으면 세상 모든 화살이 나에게 돌아올 것만 같은' 교도소 수감자들에게 마음을 다스리는 법을 가르쳐 주는 것…. 이런 것들이 결국 남을 위한, 밝은 우리 사회를 위한 봉사가 아닐까.

19세기 미국의 사상가 겸 시인인 랄프 왈도 에머슨은 '성공이란 무엇인가'라는 주제로 쓴 시에서 성공의 요건으로 다른 사람과 세상에 대한 봉사에 대해서도 언급하고 있다.

자주 그리고 밝게 웃는 것,
지혜로운 사람들로부터 존경을 받고,
아이들에게서 사랑을 받는 것.

정직한 비평가들에게 찬사를 받고,
거짓된 자들의 배반을 참아내는 것,
아름다움을 볼 줄 아는 눈을 가지며,
다른 사람에게서 가장 좋은 모습을 발견하는 것.

아이를 건강하게 키우거나,
한 뙈기의 정원을 가꾸거나,
주변 환경을 개선함으로써
조금 더 나은 세상을 만들어 놓고 떠나는 것.
자신이 한 때 이곳에 살았음으로 해서
단 한 사람의 인생이라도 행복해지는 것.
이것이야말로 진정한 성공이다.

한 권의 책이 누군가의 인생을 바꾸는 데 결정적 계기가 되기도 하고, 여러 작가가 쓴 수많은 책들이 복합적으로 작용해서 독자에게 긍정적인 영향을 미치기도 한다. 정도의 차이는 있을지라도, 책을 씀으로써 에머슨이 노래한 것처럼 다른 사람들의 삶에 도움이 된다면, 우리의 삶은 한 발짝 성공에 다가서게 될 것이다.

04.
책쓰기는 돈 안 드는 취미다

우리나라 사람들이 가장 많이 찾는 산은 북한산이다. 주말에 백운대 정상을 밟으려면 줄을 서서 올라가야 할 정도다. 외국인들은 북한산을 보고 두 가지 때문에 깜짝 놀란다고 한다. 하나는 부러울 정도로 멋진 산이 서울 가까운 데 있어 언제라도 갈 수 있다는 것. 그리고 또 하나는 산행객들이 마치 히말라야에라도 오를듯한 복장을 하고 있다는 것.

한국갤럽 조사에 따르면 '한국인이 가장 좋아하는 취미'는 등산이다. 지난해 10월에 13세 이상 남녀 1,700명을 대상으로 실시한 조사인데, 40대 이상의 사람들 대부분이 "등산이 취미"라고 했기 때문에 그런 결과가 나왔을 것 같다.

등산 이외에는 특별한 취미를 못 가진 중장년이 그만큼 많다는 얘기니까 그동안 '먹고 살기 바빠서' 제대로 여가생활을 하지 못하고 살아온 우리들의 슬픈 현실을 말해주는 것인지도 모르겠다.

■ 취미는 노년의 활력소

노년을 잘 보내기 위해 가장 중요한 조건 가운데 하나가 취미생활을 하는 것이다. 취미는 삶을 즐기면서 건강을 유지하기 위해 필요하고, 사회와의 연계를 위해서도 필수적인 요소다.

50·60대 이상의 장·노년층은 '평생 살아오며 후회되는 것' 1위로 '취미를 못 가진 것'을 꼽는다고 한다. 그동안 못한 걸 보상받기 위해서인지, 더 나이가 들면 아무 것도 못한다는 생각 때문인지 노년이 되어 활발히 취미생활을 하는 사람들이 많다.

건강했던 친구들이 갑자기 세상을 떠나는 걸 보고 '이렇게 살아서는 안 된다. 이제는 내가 좋아하는 것도 하자'는 결심을 한 뒤 60세에 사진에 입문해서 시니어 사진작가가 된 사람도 있고, 플루트·클라리넷·색소폰 등 여러 악기를 연주하면서 지역 앙상블 단원으로 활동하는 사람도 있다.

최근에는 손을 쓰는 취미 생활이 뇌 세포를 자극해 치매 예방에 좋다는 연구결과가 나오면서 손글씨 쓰기, 뜨개질, 목공 같은 취미가 관심을 끌고 있다. 또한 '동적인 취미와 정적인 취미를 함께 가지면 좋다'며 그림 그리기와 테니스 운동 같은 것을 병행할 것을 권하는 얘기도 나오고 있다. 한 가지 취미만 고집할 것이 아니라 여러 가지 취미를 동시에 즐긴다면 삶이 보다 풍부해지고 다채로워질 것 같기도 하다.

취미생활을 책쓰기로 발전시키는 문제도 생각해 보면 좋을 것이다. 취미가 사진찍기·악기연주·그림그리기 등 그 어떤 것이든, 취미 활동을 통해 느낀 점이라든지 자신만의 경험과 노하우를 책으로 엮는다면 사람들의 관심을 끌기에 충분한, 훌륭하고 콘텐츠 있는 책이 될 수 있을 것이다.

이렇게 된다면 책쓰기라는 취미가 하나 더 추가되면서, 노년에 그동안 경험해보지 못한 새로운 기쁨을 느끼게 될 것이다.

■ 취미로서의 책쓰기

취미의 사전적 정의는 '전문적으로 하는 것이 아니라 즐기기 위하여 하는 일'이다. 그렇다면 취미는 두 가지 조건을 충족시켜야 한다. 첫째, 전문적으로 하는 일이 아니어야 한다. 둘째, 즐거워야 한다.

이와 같은 정의에 따르면 아무리 즐겁게 하는 일이라도 그것이 전문적인 수준이 되어버리면 취미가 아니라는 것인데, 그러면 지속적으로 책을 쓰는 것은 취미의 영역을 넘는 것일까?

우리는 이 책 2장의 '책쓰기에 올인할 필요는 없다'(2-4 꼭지)에서 책쓰기에 하루 종일 매달리는 것이 아니라 특정한 시간을 정해서 책을 쓰고 나머지 시간은 자유롭게 보내는 방식을 이야기했다. 이러한 책쓰기라면 전문적인 수준의 일이 아니니까 취미라고 해도 좋을 것 같다. 취미생활을 위해 따로 돈을 들일 필요가 없어 경제적이면서도 생산적인.

'취미가 독서'라고 말하는 사람들이 있다. 전문적으로 하는 것도 아니고, 시간 날 때 틈틈이 읽으면서 즐거움을 느끼게 되니까 사전적 정의대로라면 취미라고 봐도 괜찮을 것이다. 하지만, 독서는 각 개인의 발전을 위해 반드시 해야 하는 것이라는 점에서 취미의 범주가 아닌 의무사항이라고 보는 편이 보다 합리적이다.

책쓰기도 독서와 마찬가지로 취미 수준을 넘어 모두에게 반드시 필요한 것이라고 인식되는 시기가 오면 좋겠다. 그래서 각자가 자신의 책을 내고, 처음 만나는 자리에서는 명함 대신 책을 주고받고, 직접 쓴 책을 주변사람들에게 읽어보라고 건네기도 하면 좋겠다. 그러면 서로간에 대화도 풍성해지고 우리 사회가 좀 더 아름다워지지 않을까. 우리 50·60대가 그러한 시대로 나아가는데 조그마한 발판을 마련할 수 있기를 기대해 본다.

05.
구구팔팔도 문제없다

매주 일요일 점심시간이면 각 지역 주민들을 대상으로 하는 TV 노래자랑 프로그램이 방송된다. 출연자들은 순박한 말투와 몸짓으로 노래와 춤, 장기의 보따리를 풀어놓는다. 잘 하면 '딩동댕동', 그렇지 못하면 준비해온 것을 채 끝내기도 전에 '땡'이다. 우리 이웃사람들의 삶을 꾸밈없이 보여주는 국내 최장수 프로그램 『전국노래자랑』의 한 장면이다.

이 프로그램은 1972년 시작되었으니까 벌써 43년째 방영되고 있다. 프로그램이 이렇게 장수를 누리는 데에는 사회자인 송해씨의 역할이 크다. 1988년부터 진행을 맡고 있는데, 1990년대 중반에 다른 사회자로 교체되었다가 시청률이 떨어지자 7개월 만에 복귀했다.

송해씨는 현재 만 88세다. 하지만, 지금도 일주일에 서너 번 음주를 즐기면서 건강하게 생활하고 있다. 그 연세에 어떻게 그렇게 정정하게 현역으로 뛸 수 있는지 존경스럽다.

■ 노년의 건강은 불안하다

건강은 노후생활을 잘 보내는데 가장 중요한 요소중 하나다. 그렇지만, 송해씨처럼 나이가 들어서도 건강을 유지하기란 쉬운 일이 아니다.

2013년 현재 우리나라 사람들의 평균수명은 81. 9세(남자 78. 5세, 여자 85. 1세)이다. 10년 전에 비해 5년 가까이 늘어난 수치라고 한다. 그런데, 건강수명은 73세 밖에 안 된다(평균수명에서 질병이나 부상 등으로 건강하게 보내지 못한 기간을 뺀 기간이 건강수명이다). 즉, 노년에 병치레를 주로 하게 되니까, 말년에 9년정도 건강이 안 좋은 상태로 지낸다는 얘기이다.

노년을 병약하게 보내는 사람들이 많기 때문에 '구구팔팔이삼사'라는 말도 생겼을 것이다. 99세가 될 때까지 팔팔(건강)하게 살고, 이삼일만 아픈 후에 세상을 떠나자는 말. 오래 살고 싶다는 마음과 말년에 아프지 않기를 바라는 희망이 담겨있다. 노년의 애환을 그대로 보여주는 말이다.

■ 책쓰기는 건강유지에 도움을 준다

노후 건강이 걱정되는 상황에서 책쓰기는 하나의 대안이 될 수 있다. 이것은 두 가지 측면에서 접근해 보면 명확해진다.

우선 정신적 측면에서 보면, 좋아하는 일을 하니까 신나고 활기에 넘치는 삶을 살게 된다. 이러한 심리적 상태는 건강과 장수로 직결된다. 학자들이 다른 직업을 가진 사람들보다 오래 산다는 얘기도 있다.

책을 쓰게 되면 두뇌 사용을 많이 하게 되어 노인병인 치매를 예방하거나 늦출 수 있다. 영국에서 진행된 연구 결과 독서와 같은 정신활동은 나이가 들면서 발생하는 인지능력 감소를 평균 32% 지연시킨다고 한다. 이것은 책쓰기에도 충분히 적용될 수 있는 연구결과이다.

또한, 책쓰기에 몰두하면 다른 자잘한 일에 신경을 쓸 여유가 없으니까 스트레스를 적게 받는다. 글쓰기가 갖는 치유 능력도 기대할 수 있을 것이다.

책쓰기는 신체에도 긍정적 영향을 미칠 수 있다. 노년에는 특별히 하는 일이 없어 느슨해지기 쉬운데, 책쓰기를 하면 규칙적인 생활을 하게 됨으로써 생체리듬을 유지할 수 있다.

책쓰기가 중요한 일과가 되다 보니까 아무래도 음주를 줄일 수밖에 없어 건강에 플러스 요인으로 작용할 것이다.

특히 책쓰기를 위해서는 많은 자료가 필요한데, 이것을 건강과 연결시킬 수도 있다. 즉, 자료를 구하기 위해 도서관에 다니거나 현장답사를 할 때 차를 이용하지 않고 걷는 것이다. 이렇게 되면 따로 운동을 하지 않더라도 충분한 운동 효과를 기대할 수 있다.

걷기의 효과에 대해서는 따로 얘기하지 않더라도 모두들 다 잘 알고 있겠지만, 인도 북부 라다크 지방의 이야기는 좋은 예가 될 것이다. 라다크 사람들은 장수할 뿐만 아니라 죽기 전까지 건강하게 살다가 자연스런 죽음을 맞는다고 한다. 많은 학자들은 이들이 '걷기'를 생활화하고 있는 것을 주요한 이유로 판단하고 있다.

■ 책쓰기를 하면 세월도 늦춰진다

책을 쓰느라 몸을 혹사시키면 오히려 건강을 해치지 않을까 하는 지적도 있을 수 있다. 틀린 말은 아니다.

『인간시장』으로 유명한 김홍신 작가의 경우는 하루 12시간씩 집중적으로 글쓰기를 하다 보니 손과 목에 마비가 오고, 요로결석에 걸리기도 하고, 허리디스크도 있다. 『태백산맥』과 『아리랑』 등 대하소설을 쓴 조정래 작가도 매일 16시간을 집필에 몰두한다. 그러다보니 오른팔 마비, 위궤양, 탈장과 같은 이상증상들이 '빚쟁이처럼 어김없이 찾아오고 있다'고 한다.

하지만, 우리는 그런 우려는 하지 않아도 된다. 우리의 책쓰기는 '올인하는 책쓰기'가 아니라 하루에 일정 시간을 정해 놓고 하는 것이니까. 밤을 새워가며 책을 쓴다든지 하는 무리만 하지 않는다면 '염려 푹 붙들어 매도' 좋을 것이다.

시간의 흐름에 대해서는 사람마다 느끼는 속도가 다르다. 나이가 들수록 젊을 때보다 세월이 빨리 간다고 느끼게 된다. 그 이유에 대해서는 젊었을 때에는 접하는 모든 것이 새로운 경험이지만, 나이가 들면 익숙한 것이 많아지기 때문이라는 설명도 있다.

영국 맨체스터대 교수인 스티브 테일러는 이같이 사람마다 다르게 느끼는 심리적 시간을 '제2의 시간'이라고 정의한다. 그러면서 '제2의 시간'을 잘 사용하기 위해 새롭고 낯선 도전을 할 것을 권유한다.

노년에는 특별한 건강 유전자가 없는 한, 심각한 병에 걸리지 않고 산다고 해도 살아가야 할 날들이 길지 않다. 하지만, 새로운 경험과 도전을 하면서 산다면 시간을 천천히 흐르게 함으로써 실제 남아있는 삶보다 훨씬 긴 삶을 살 수 있을 것이다.

책쓰기는 그러한 새로운 경험과 도전을 위해 어울리는 일이다. 늦춰진 시간만큼 더 많은 책을 쓸 수도 있을 것이다. 후손들이 우리가 떠난 뒤에 우리가 쓴 책을 도서관 서가에서 찾아 손때를 묻혀가며 읽는 모습은 상상만 해도 기쁘지 않은가.

06.
내 사전에 외로움이란 없다

그 사막에서 그는
너무도 외로워
때로는 뒷걸음으로 걸었다.
자기 앞에 놓인 발자국을 보려고.

파리 지하철공사가 공모한 시 콩쿠르에서 8,000편의 응모작중 1
등으로 당선된 시다. 류시화 시인이 엮은 시집『사랑하라, 한 번도
상처받지 않은 것처럼』에 실림으로써 많은 사람들에게 널리 소개되
어 사랑받고 있다. 시를 쓴 사람은 오르텅스 블루. 어떤 사람인지에
대해서는 별로 알려져 있지 않다.

짧지만 무척 강렬한 인상을 주는 시다. 얼마나 외로웠으면 모래
위에 찍힌 자기 발자국을 볼 생각까지 했을지 외로움의 무게가 전해
져 온다. 시인은 끝도 없이 펼쳐진 모래사막 위에 혼자만 덩그러니
내동댕이쳐진 느낌이었던가 보다. 자기가 걸어온 발자국을 보는 것
이 위안이 될 정도로.

■ 노년, 외로움이 깊어지는 시기

외로움은 인간이 갖는 근원적인 감정이다. 혼자 있을 때만 외로운 것이 아니라 군중 속에서조차 외로움을 느낀다. 외로움의 고통은 창작을 위한 에너지가 된다고도 한다. 그래서 어떤 소설가와 시인들은 글을 쓰기 위해 일부러 자신을 고독 속에 빠뜨리기도 한다.

하지만, 노년의 외로움은 이와는 전혀 차원이 다르다. 생존과도 직결될 정도로 절실한 문제이다.

우리나라 노인의 3중고는 아프고, 돈 없고, 외로운 것이라고 한다. 2013년에 통계청에서 65세 이상 고령자가 겪는 어려움을 조사한 결과는 이를 확실히 보여준다. 건강문제(65.2%), 경제적인 어려움(53%), 외로움·소외감(14.1%)이 각각 1~3위를 차지했다.

또 다른 조사결과도 있다. 2011년에 한 외국은행이 우리나라를 포함한 17개국 1만 7,000명을 대상으로 실시한, 은퇴와 관련된 설문조사다. '은퇴'하면 떠오르는 말이 뭐냐는 질문에 선진국에서는 자유, 만족, 행복이라는 긍정적인 답이 많았다. 이에 비해 우리나라 사람들은 경제적 어려움이라는 답이 가장 많았고 이어 두려움, 외로움, 지루함 등을 거론했다.

이러한 조사결과는 은퇴를 하게 되면 직장을 기초로 형성된 사회적 관계가 끊기는 것과 직접적인 관련이 있을 것 같다. 새로운 공동

체에 편입할 준비가 되어 있지 않은 상태에서 은퇴는 두려움의 대상이 될 수밖에 없다. 이와 함께 배우자가 먼저 떠나고 혼자 남겨지게 되는 상황도 영향을 미쳤을 것 같다.

노년의 외로움은 자살 충동으로까지 이어지기도 한다. 보건복지부의 지난해 조사에 따르면, 우리나라의 노인 10명중 1명은 자살을 생각해 본 적이 있다고 응답했다. 앞에서 언급한 고령자의 3중고가 그대로 자살 충동의 원인으로 작용한다(경제적 어려움 40.4%, 건강문제 24.4%, 외로움 13.3%).

네 번째 자살충동 이유인 '부모자녀·친구간 갈등 및 단절'(11.5%)도 외로움으로 연결된다고 본다면, 외로움은 건강문제와 거의 비슷한 수준으로 노인들을 힘들게 한다고 할 수 있을 것이다.

요즈음 종로3가 종묘공원 일대에 '올빼미 아줌마'들이 뜨고 있다고 한다. 밤에 활동하는 올빼미처럼, 저녁 무렵에 나타나 노인들에게 말벗이 되어 주고 수고비를 받는 중년 여성들을 가리키는 말이다. 올빼미 아줌마들이 뜨는 것은 수요가 있기 때문일 것이다. 대화가 필요할 만큼 외로운 처지에 있는 노인들이 많다는 얘기이다.

■ 책쓰기가 해결책이다

이와 같이 노년에는 외로움에 무방비로 노출된다. 이러한 시기에 책쓰기는 외로움을 줄이거나 없애는 효과적인 방법이 될 수 있다.

앞에서 노후에 외로움을 느끼는 주요 원인은 오랜 기간 동안 직장생활을 통해 형성된 인간관계가 느슨해지는 것이라고 썼다. 직장동료들과의 관계를 맺어준 것은 업무인데, 퇴직을 하면 그러한 '고리'가 끊어지니까 아무래도 가까이 지낸 일부 동료들 외에는 지속적인 교류가 쉽지 않을 것이다. 그렇다면, 해결책은 간단하다. 새로운 사람들을 만나서 관계를 형성하면 된다.

이러한 관계 형성은 취미생활을 통해서도 가능하다. 색소폰 연주 등 비슷한 취미를 가진 사람들끼리 모이면 공통의 화제거리가 있으니까 자연스런 교제가 가능할 것이다.

하지만, 새로운 인간관계를 맺는 데 책쓰기만큼 강력한 것은 없다고 말하고 싶다. 책을 쓰는 과정에서 관심분야가 비슷한 사람들과 온·오프라인에서 친교를 맺을 수 있다. 그리고, 책이 출간되고 나면 주변에 작가로 알려지게 되고 책쓰기에 관심 있는 지역사회 주민들과 네트워크가 형성된다. 독자들이 팬이 될 수도 있다.

이렇게 되면 외로움을 느끼려고 해도 시간이 없을 것이다. 주민들과의 모임에 수시로 나가야 하고, 강연 요청이 들어온다면 준비도 해야 한다. 저명한 작가들과 인맥을 형성하고 교류를 하게 될 수도 있다. 물론, 한편으로는 책을 쓰는 작업도 계속해야 한다. 이보다 더 확실한 '외로움 탈출' 프로젝트가 있을까?

새로운 인간관계를 형성하는 것 외에도 책쓰기는 외로움을 이겨내는 또 다른 무기를 갖고 있다. 바로 '치유'이다.

글쓰기가 치유하는 효과를 갖고 있다는 것은 많은 연구와 경험을 통해 널리 알려져 있다. 이와 관련된 책들도 많이 저술·번역되어 있다. 책쓰기도 글쓰기의 한 가지 형태이니까 글쓰기가 지니는 마음 치유 효과를 지닌다. 특히, 책쓰기의 주제가 작가의 내면으로 들어가는 것이라면 더더욱 그러할 것이다.

외로움은 앉아서 기다리고 있어야 할 두려움의 대상이 아니다. 자리를 박차고 일어나 도전적인 삶을 산다면 '외로움, 그게 뭐냐?'고 오히려 물어봐야 하는 상황이 생길지도 모른다. 책쓰기는 그러한 삶을 위한 효과적인 방법이다.

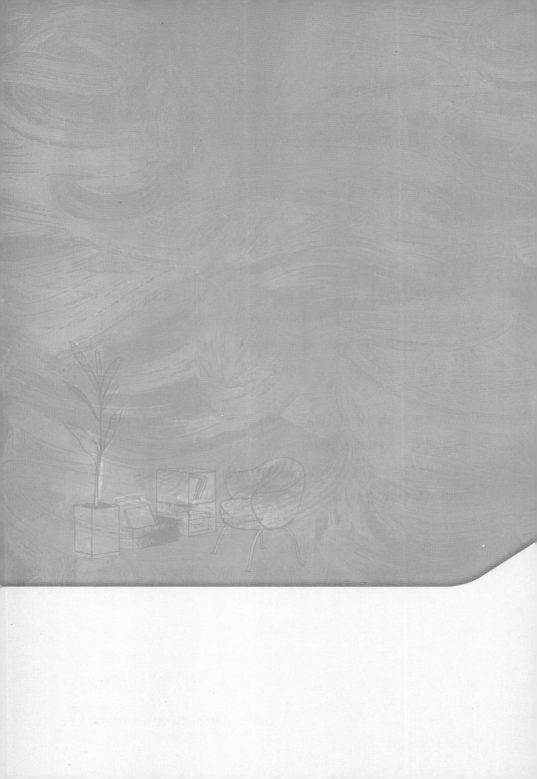

Chapter 4

책쓰기, 이렇게 하면 된다 Ⅰ

01.

일단 시작부터 하라

제주도에는 올레길이 있다. 올레길은 원래 '집 앞에서 큰 길까지 이어지는 좁은 길'을 가리키는 제주도 방언이다. 지금은 제주도 전체를 일주하는 도보여행 코스를 가리키는 이름으로 널리 알려져 있다. 올레길이 조성되면서 제주도를 찾는 관광객수가 크게 늘어났고, 각 지자체들이 앞다퉈 올레길을 본따서 둘레길을 만들었다. 일본 규슈지방에도 올레길이 생겼다.

이 길을 만든 사람은 서명숙씨다. 시사저널과 오마이뉴스 편집장을 지낸 여성 언론인 출신이다. 스페인 산티아고 길을 걸은 것이 계기가 되어 2007년부터 올레길을 만들기 시작했다. 서명숙씨가 힘들 거라고 생각하고 시작하지 않았더라면 지금과 같은 올레길은 존재하지 않을 것이고, 우리나라에 현재와 같은 걷기 열풍도 일어나지 않았을 것이다.

■ 시작은 반이 아니다

이 책의 1~3장을 읽으면서 50·60대가 결코 늦은 나이가 아니라는데 공감했을 것이다. 내부에서 뭔가 시작해 봐야 한다는 뜨거움이 솟아오르는 것을 느끼고, 책쓰기에 꼭 한 번 도전해 보고 싶다는 의욕도 갖게 되었을 것이다.

책쓰기를 해보기로 마음먹었다면 이제는 시작하는 일만 남았다. 올레길의 역사가 서명숙씨가 시작을 함으로써 이루어졌듯이, 책쓰기도 시작을 해야 비로소 길이 생긴다. 미루기만 하다가는 아무 것에도 이를 수 없다.

하지만, 우리는 여러 가지 이유로 시작하지 못하고 망설이고 있다. 좀 더 실력을 쌓은 뒤에 하겠다고 생각하고 있을 수 있다. 너무 바쁘니까 나중에 시간이 나면 해야겠다고 생각할 수도 있다. 아니면, '내가 과연 할 수 있을까?' 의심하고 있을 지도 모르겠다.

결론은 이 세 가지 모두 다 틀렸다는 것이다.

시간이 지나면 조금은 나아질 수 있겠지만, '이 정도면 됐다' 싶은 때를 기대하기는 힘들다. 완벽한 때란 결코 오지 않는다. 오히려 책쓰기를 하면서 배워 나가는 것이 실력을 쌓는 지름길일 수 있다.

바빠서 못 한다는 것도 핑계이고 자기변명일 뿐이다. 우리는 시간에 쫓겨 일할 때 집중력이 높아져서 성과를 거둔 경험들을 갖고 있다. 시간이 정 없을 때는 잠자는 시간을 줄여 일하기도 했다. 방법은 찾으면 있는 법이다.

'책쓰기를 할 수 있을까?' 하는 의구심은 내 안에 내재된 가능성이 얼마나 큰지 모르기 때문에 생기는 것이다. 우리 각자의 내부에는 거인이 잠자고 있다. 깨우면 일어날 것이다. 책을 쓰는 신나는 일이 기다리고 있다고 깨워보자. 게다가 우리는 꼭 멋들어진 글을 써야 하는 것도 아니지 않은가.

'시작이 반'이라는 말이 있다. 시작하기가 어렵지, 일단 시작만 하면 그 다음부터는 쉬워진다는 삶의 경험이 담긴 말이다. 우리는 그동안 책쓰기의 꿈을 위해 아주 먼 길을 걸어왔다. 걸어온 길이 먼만큼 우리에게 시작은 반 이상의 의미를 지니고 있을 것 같다.

■ 출판 과정을 알아두면 좋다

자, 그러면 이제 책쓰기를 시작해 보자. 그런데, 무엇부터 해야 할까? 책쓰기를 처음 시작하기 때문에 어려운 문제일 수 밖에 없다. 책이 출판되기까지의 과정을 개략적으로 알아둔다면 뭘 해야 할지 판단하는 데 도움이 될 것이다.

출판 과정은 다음과 같이 간단한 도표로 그려볼 수 있다.

(1) 기 획

기획은 말 그대로 저자가 어떤 주제로 책을 쓸지, 목차는 어떻게 짤지를 계획하는 것이다. 저명인사라면 출판사가 작성한 기획안을 제시받기도 하겠지만, 처음 책쓰기를 하는 우리 '무명작가'들은 기획 단계부터 모든 것을 직접 할 수밖에 없다.

(2) 집 필

집필은 본격적으로 책을 쓰는 단계다. 목차에 있는 각 꼭지를 중심으로 본문 내용을 쓰면 된다. 저자의 생각을 일방적으로 전달하는 것이 아니라, 독자의 입장에서 스토리텔링 형식으로 적는다면 효과적일 것이다.

(3) 출판 계약

출판 계약은 '출간기획서'를 출판사에 보내고, 출판사에서 호응이 있으면 계약을 하는 것이다. 출판사가 관심을 가져야 계약이 성사되는 만큼, 출판사의 호기심을 끌 수 있도록 최대한 신경 써서 준비해야 한다.

출간기획서에는 제목, 저자소개, 기획의도, 핵심주제 및 내용, 타깃독자, 장점 및 차별성, 예상 페이지수·정가·판매부수, 원고 완성기간, 홍보문구 및 마케팅전략 등이 포함된다. 목차와 서문, 샘플원고도 첨부한다. 하지만, 정해진 형식은 없으며 항목도 필요에 따라 조정 가능하다.

원고를 완성한 후에 출간기획서를 보내는 것이 일반적이지만, 원고가 일정 부분(70% 정도) 작성되었을 때 보내기도 한다. 이 경우 작가로서는 원고 완성 전에 계약을 체결함으로써 안정된 상태에서 작품 마무리에 전념할 수 있고, 출판사 쪽에서는 좋은 작품을 미리 확보할 수 있는 장점이 있다. 그러나, 완성된 원고의 수준이 기대에 못 미치는 경우도 발생하기 때문에 '완고 검토'를 원칙으로 하는 출판사들도 있으니까 기획서를 보내기에 앞서 확인해 보는 것이 좋다.

(4) 원고 수정·보완 및 편집

저자가 원고를 출판사에 전달하면, 출판사에서는 내용을 검토하고 필요할 경우 수정·보완을 요청하게 된다. 출판사의 의도에 맞는 작품이 나올 때까지 이러한 과정이 몇 차례 반복될 수도 있다. 책 내용에 맞게 표지를 디자인하고 편집·교정 작업을 거쳐 인쇄에 들어간다.

(5) 출간·마케팅

책 출판 작업이 어느 정도 진행되면(인쇄 예정 7일전까지) 국제표준도서 번호인 ISBN(International Standard Book Number)을 발급받는다. 이후에는 책을 홍보하고 서점과 인터넷 등을 통해 판매하는 일이 남아있다. 마케팅 전략에 따라 책 판매량이 크게 변화되는 만큼 책 내용 못지 않게 중요하다.

■ 책 기획부터 시작하자

출판 과정을 살펴봄으로써 우리가 무엇을 해야 할지가 명확해졌다. 책에 대한 기획부터 시작하면 되는 것이다! 어떤 주제로 책을 쓸지를 정하고, 주제에 맞게 목차를 구성하는 작업부터 착수하자. 그러고 나서는 본문을 작성하자.

기획과 집필에 관한 자세한 내용은 5장에서 다루고 있으니까, 여기서는 책쓰기 작업을 손으로 하는 것과 컴퓨터로 하는 것 중에서 어떤 방법이 좋을지에 대해 생각해 보는 것이 좋을 것 같다.

종이 위에 손으로 적는 작업이 편하다고 느끼는 분들도 계실 것이다. 50·60대는 컴퓨터가 널리 보급되기 전에 학창시절을 보낸 세대이기 때문에 당연한 결과이다. 손글씨를 쓰면 두뇌 훈련 효과가 있어 치매 예방에 좋다는 연구결과도 있다.

하지만, 손글씨는 책의 큰 틀을 잡는다든지 할 때 사용하고, 책쓰기 작업을 할 때는 가급적 컴퓨터로 하도록 권하고 싶다. 우선, 컴퓨터로 글을 쓰게 되면 나중에 내용을 수정·추가하기 편하다. 또한, 앞뒤 글의 순서를 자유롭게 바꿀 수도 있다. 그리고, 무엇보다도 출판사에서는 컴퓨터로 작업한 원고를 요구한다. (종이에 적게 되면 컴퓨터로 옮기는 이중 작업을 해야 한다.)

컴퓨터 작업이 서툴더라도 하다 보면 금방 익숙해질 것이다. 당장은 힘들더라도 컴퓨터 앞에 앉아 생각을 정리하고, 글로 표현하는 습관을 들여 보자.

'천리 길도 한 걸음부터'라는 속담이 있다. 한꺼번에 하려고 생각하지 말고 하나씩 차근차근 해나가야 한다는 의미겠지만, '첫 걸음을 내딛어야 천리 길도 갈 수 있다'고 시작의 중요성을 말해 주는 속담으로 봐도 좋을 것이다. 자, 첫 페이지부터 시작!

매일매일 써라

우리의 마음을 움직이는 한 장의 사진이 있다. 사진 속에는 뼈가 울퉁불퉁 튀어나온 발가락이 보인다. 국립발레단장으로 있는 발레리나 강수진씨의 발 사진이다. 우아함의 뒤에 뼈가 뒤틀릴 정도의 고통이 있었음을 보여준다.

강수진씨는 매일 19시간씩 연습을 했다고 한다. 신발(토슈즈)이 하루 네 켤레나 닳을 정도였다니까 연습의 강도가 어떠했을지 상상이 된다. 매일 꾸준히 연습하기 - 이것이 강수진씨가 세계 정상의 발레리나가 될 수 있었던 비결이었던 것이다!

■ 매일 쓰는 힘은 대단하다

책쓰기를 하는 데에도 강수진씨처럼 매일매일 노력하는 것이 필요하다. 하루 19시간씩 강행군은 하지 않아도 되겠지만.

매일 책쓰기를 하는 것은 왜 필요할까?

먼저, 매일 하면 습관이 된다. 책을 써야 한다고 생각하지 않아도 자연스럽게 일상이 된다. 며칠에 한 번 책쓰기를 한다고 가정해 보자. 그러면 어떤 날 써야 할지 끊임없이 고민해야 할 것이고, 일 주일, 한 달이 훌쩍 지나가 버리는 일도 부지기수일 것이다.

어떤 행동이든 21일간 계속해서 하면 습관이 된다고 한다. 호흡과 같이 생각을 하지 않아도 본능적으로 하게 되는 기능을 담당하는 기관이 뇌간인데, 어떤 행동이 뇌간을 움직이는데 21일이 걸린다는 연구에 기초한 결과다. 습관이 되기 위해서는 21일이 걸리지만, '내 것'으로 자리 잡는 데에는 66일이 걸리고, 완벽한 내 일상이 되기까지는 92일이 필요하다는 주장도 있다.

이러한 여러 가지 연구결과를 종합할 때, 책쓰기를 3주간 계속하면 자연스런 일상이 되고, 3개월 동안 지속적으로 하게 되면 평생의 습관이 된다는 결론을 내릴 수 있을 것 같다.

안중근 의사는 '하루라도 책을 읽지 않으면 입 안에 가시가 돋는다'고 말했다. 우리도 책쓰기가 습관화되고 나면 안중근 의사와 비슷한 말을 하게 될지 모르겠다. 프랑스 작가 아멜리 노통이 '글쓰기야말로 내가 매일같이 복용하는 일정량의 마약'이라고 한 것처럼, 책쓰기를 하지 않고는 단 하루도 그냥 지나칠 수 없게 될지도.

매일같이 써야 하는 두 번째 이유는 '쌓임의 힘'이다. 하루에 쓰는 분량은 얼마 되지 않더라도 축적되면 엄청난 양이 된다.

우리는 2장 '책쓰기에 올인할 필요는 없다'(2-4 꼭지)에서 하루에 A4 용지 2페이지를 쓰면 두 달에 책 한 권 분량이 된다는 계산을 한 적이 있다. 1페이지씩 쓴다고 해도 네 달이면 책 한 권이 가능하다. 여유 있게 '1년에 책 한 권'을 목표로 삼는다면 하루에 반 페이지만 써도 충분할 것이다.

경제학 원론과 거시경제학 교과서 저술로 유명한 미국 하버드대 맨큐 교수는 강의도 해야 하고 바쁜데 언제 시간을 내서 책을 쓰냐는 질문에 "최소 1 페이지 이상은 반드시 쓰고 하루를 끝낸다"고 대답했다. 우리의 책쓰기에 참고하면 좋을 것이다.

세 번째는 '질보다 양'이다. 송나라 구양수는 글쓰기의 3대 원칙으로 많이 읽고, 많이 생각하고, 많이 쓰라는 '다독, 다상량, 다작'을 들었다. 매일 쓰다보면 많이 쓰게 되고, 그러다 보면 좋은 글도 나올 것이다. '좋은 글을 써야지' 하고 질에만 신경을 쓰다보면 정작 원하는 수준의 글을 쓰기 힘들 수도 있다.

모차르트와 피카소 같은 거장들이 우리에게 알려진 유명한 작품들만 만든 것은 아니며, 수준이 낮은 작품들도 많이 남겼다. 이것은 무엇을 의미하는 것일까? 많은 작품을 창작했기 때문에 그 가운데에서 훌륭한 작품도 나올 수 있었던 것이다.

■ 꼭지별로, 잘게 쪼개서 쓰자

우리는 단순한 글쓰기가 아니라 책쓰기라는 '원대한' 목표를 갖고 있다. 이러한 목표에 맞춰 매일 책쓰기를 하기 위해서는 목차에 따라 일정량을 쓰는 것이 효과적이다.

목차를 정해 놓았다고 해도 책이 출판될 때까지 변하지 않는 것은 아니다. 저자가 책을 쓰는 과정에서, 혹은 출판사의 검토 과정에서 어떤 꼭지가 빠지거나 새롭게 추가되기도 하고, 제목이 바뀌는 꼭지도 있을 것이다. 하지만, 일단은 '목차대로 쓴다'는 것을 원칙으로 하도록 권하고 싶다.

일관된 방향성을 유지하고 각 꼭지의 내용이 중복되지 않도록 하기 위해서는 책의 전체적인 구성을 항상 염두에 두고 책쓰기를 해야 한다. 이를 위해서는 목차를 출력해서 벽에 붙여 놓는다든지, 컴퓨터 모니터 옆에 붙여 두거나 컴퓨터 화면 한 쪽에 띄워놓는다든지 하는 것도 좋은 방법이다.

각 꼭지가 꼭 일정한 분량이 되도록 맞출 필요는 없다. 꼭지에 따라 양이 많을 수도 있고, 적을 수도 있다. 양이 적은 경우라면 굳이 소제목을 넣지 않아도 되겠지만, 꼭지가 길어질 경우에는 소제목을 달고 너무 늘어지지 않도록 하는 것이 좋다. 그래야 독자들이 쉽게 읽을 수 있다.

‘우리시대 최고의 논객’이라고 불리는 조선일보 김대중 논설위원은 칼럼을 한 번 쓰기 시작하면 일필휘지로 끝까지 쓴다고 한다. “글을 쓰다가 중간에 화장실 갔다 오면 독자들도 읽다가 중간에 서게 된다. 미리 구성하고 준비해서 책상에 앉으면 되도록 쉼 없이 쓴다”고 말한다.

처음 책쓰기를 시작하는 우리 50·60대가 김대중 논설위원과 같은 고수를 따라하는 것은 ‘뱁새가 황새를 쫓아가는’ 모양새가 될지도 모른다. 하지만, 배울 것이 있다면 과감히 배우는 자세가 필요하다. 글을 쓰는 도중에 화장실도 다녀오지 않는 정도는 아니더라도, 가급적이면 짧은 꼭지는 다음날까지 넘기지 말고 그날 마무리하고, 긴 꼭지는 몇 개 소제목으로 나눠 소제목 만큼의 분량이라도 다 쓰고 끝내는 것이 좋지 않을까 싶다.

그러기 위해서는 김대중 논설위원이 말하는 것처럼 쓸 내용과 재료를 ‘미리 구성하고 준비’하는 노력도 필요할 것이다. (자료에 대해서는 6장을 참고하라.)

03.
죽이 되든 밥이 되든 끝까지 가라

2015년은 가뭄이 심했던 해로 기록될 것 같다. 비가 적게 온데다 '마른 장마'까지 이어지면서 저수지 바닥이 쫙쫙 갈라지고, 논밭에는 작물들이 힘없이 늘어졌다. 농민들은 기우제라도 지내보고 싶은 심정이었을 것이다.

인디언들이 기우제를 지내면 반드시 비가 내린다고 한다. 어떻게 그런 일이 가능할까? 하지만, 초현실적인 현상은 아니다. 비가 내릴 때까지 계속해서 기우제를 지내기 때문에 종국에는 비로 이어지는 것이다.

■ 끈기가 결과를 만든다

'인디언 기우제'와 같이 끈기의 중요성을 강조하는 이야기들은 많다.

1800년대 미국 서부 골드러시 시기에 한 금광업자가 금맥을 찾아

땅을 파내려 가다가 포기하고 고물상에게 장비를 팔아넘긴다. 고물상은 혹시나 하는 생각에 땅을 조금 더 파본다. 그랬더니 3피트(약 1미터) 아래서 금맥이 발견되어 큰 부자가 된다.

1940년대초 베네수엘라에서 '해방자'라는 세계 최대의 다이아몬드가 발견된다. 이 다이아몬드를 발견한 사람은 솔라노라는 금 채굴업자이다. 오랫동안 강가에서 수많은 조약돌을 채집했지만 다이아몬드를 찾지 못해 포기하려고 한다. 이 때 주변사람들의 권유로 한 개만 더 채취해 보기로 하고 마지막으로 채취한 것이 바로 '해방자'이다. 이 다이아몬드는 뉴욕의 보석상에게 20억불에 판매되었다.

우리나라의 50·60대들은 차범근과 홍수환 선수에 관한 일화를 다들 기억하고 있을 것이다. 차범근 선수는 1976년에 개최된 대통령배 축구대회(박정희 대통령배 축구대회여서 '박스컵'이라고도 불렸다) 말레이시아와의 경기에서 '전설'을 만들어냈다.

후반 종료 7분을 남기고 우리 팀이 1:4로 뒤지고 있는 상황에서 연거푸 세 골을 넣어 동점을 만들었다. 믿을 수 없는 일이 현실이 된 것이다.

홍수환 선수는 1977년 파나마에서 열린 WBA 주니어패더급 챔피언 결정전에서 '지옥에서 온 악마'라고 불리던 카라스카야를 맞아 2회까지 4차례나 다운되는 어려움을 겪는다. 국민들은 조마조마한 심정이 되어 세 번 다운되면 경기가 자동으로 끝나는 룰이 이번 경기에서 변경된 것을 안타까워했다.

하지만, 홍수환 선수는 포기하지 않고 3회전에 들어서자마자 역공을 펼쳐 멋진 KO승을 거두면서 '4전 5기'의 신화를 창조한다. 홍수환 선수의 어머니가 전화통화에서 '대한국민 만세다'라며 감격의 말을 했던 것이 기억에 선하다.

■ 책을 끝까지 써야 하는 이유

책쓰기를 하다보면 여러 가지 생각이 들게 된다. 특히, 처음 책을 쓰는 사람이라면 더더욱 그럴 것이다. 힘들어서 그만두고 싶은 마음이 들기도 하고, 이 책이 과연 출판될 수 있을까, 유명작가도 아닌데 굳이 사람들이 내 책을 사서 읽을까 하는 온갖 걱정과 불안감도 쉴 새 없이 찾아들 것이다.

그렇지만, 어떠한 시련과 역경이 있더라도 일단 책쓰기를 시작했으면 끝까지 가야 한다. 중간에 포기하면 그야말로 죽도 밥도 아니다.

책쓰기를 끝까지 하게 되면 어떤 이점이 있을까? 먼저, 책을 완성함으로써 성취감을 느끼게 된다. 다른 무엇과도 바꿀 수 없는 소득이다. '하면 된다', '할 수 있다'는 자신감도 생기게 되어 계속해서 책을 써낼 수 있는 큰 힘이 된다.

우리의 책쓰기는 한 권으로 끝내고 마는 일회성 작업이 아니다. 우리 50·60대에게는 쌓아놓은 이야기보따리도 많고, 해보고 싶은 것도 많다. 두 번째, 세 번째 책을 쓰기 위한 도전은 처음보다 훨씬 쉬워질 것이다.

다음으로 생각할 수 있는 것은 나만의 책쓰기 노하우를 얻게 된다는 것이다. 책 한 권을 처음부터 끝까지 써봄으로써 기획에서 출판사 접촉에 이르는 모든 과정을 직접 체험해 보는 기회를 갖게 된다. 책쓰기에 관한 책들을 통해 습득한 내용을 실전에 적용해 보고, 나에게 맞는 스타일도 개발할 수 있는 훈련인 셈이다.

책을 끝까지 씀으로써 얻을 수 있는 세 번째 효과는 언제라도 출간 가능한 '나의 책 목록'이 한 칸 채워진다는 점이다. 비록 초안의 완성도가 부족하고, 당장 출판으로 이어지지는 못하더라도 수정·보완을 거치면 훌륭한 작품으로 다시 태어날 수 있다. 괴테는 20대 중반에 『파우스트』를 쓰기 시작해서 82세에 죽기 직전까지도 퇴고를 계속했다고 한다.

■ 끝까지 가기 위한 방법

책쓰기는 결국 자기 자신과의 싸움이다. 책을 쓰는 도중에 끊임없이 발생하게 될 유혹과 의심을 이겨내지 않으면 안 된다. 이 싸움에서 이기려면 어떻게 해야 할까? 물러설 수 없는 상황으로 자신을 몰아넣는 것이 최선이다.

　무엇보다도 책 쓰는 기간을 너무 오래 잡지 말라는 점을 언급하고 싶다. 기간이 늘어지다 보면 아무래도 긴장이 느슨해질 수밖에 없다. 가능한 한 빠듯하게 타임테이블을 짜보자. 어떤 작가는 마감시간이 임박해서야 청탁 받은 글을 속도내서 쓴다고 한다. 미리미리 쓰지 않으면 스트레스를 받겠지만, 효과 측면에서는 괜찮은 방법이다.

　두 번째는 자신에 대해 계속해서 채찍질을 가하는 것이다. 같은 길을 걷는 사람들과 지속적으로 교류를 하게 되면 동기부여에 많은 도움이 된다. 도전의식을 불러일으키는 책을 가까이 두고 틈틈이 읽어보는 것도 한 가지 방법이다.

　그리고, 가족과 친구 등 주변 사람들에게 책을 쓴다는 것을 알리는 것도 효과적이다. 책쓰기를 한다고 큰소리를 '뻥뻥' 쳐놓았는데 안 할 수도 없지 않은가.

　그러면, 책이 출판될 수 있을까 하는 걱정은 어떻게 해결하면 될까?『느리게 사는 즐거움』등으로 유명한 캐나다의 베스트셀러 작가 어니 젤린스키의 말이 도움이 될 것 같다.

　그에 따르면 우리의 걱정거리중 96%는 쓸 데 없는 것이다. 40%는 절대 일어나지 않을 일, 30%는 이미 일어난 일, 22%는 아주 사소한 일, 4%는 우리가 바꿀 수 없는 일이고, 4%만이 우리가 대처할 수 있는 걱정거리이다. 어차피 걱정해도 소용없다면 마음 편하게 잊어버리고 책쓰기에 몰입하는 것이 현명할 것이다.

게다가 책의 주제와 내용이 좋다면, '무명작가'에게도 출판의 문은 활짝 열려있다. (저자의 사례를 보라!) 그러니까 미리부터 걱정할 필요는 전혀 없다. 책을 쓸 때는 오직 쓰는 데만 전념하면 된다.

'가다가 아니 가면 안 가느니 못하다'는 속담이 있다. 일단 시작을 했으면 끝까지 하라는 의미이다. 속담에서처럼 아예 시작도 하지 않는 것보다는 뭐가 되든지 해보는 것이 좋을 것 같기는 하지만, 끝까지 해볼 것을 권유하는 점만큼은 높이 사고 싶다.

우리는 책쓰기라는 칼을 꺼냈다. 그러면 그냥 은근슬쩍 칼집에 도로 집어넣을 것이 아니라 한 번 휘둘러보고 무라도 잘라보자.

04.
쓰기 편한 곳을 찾아라

'우물쭈물 하다가 내 그럴 줄 알았다'는 묘비명으로 유명한 영국 작가 버나드 소는 거대한 저택을 보유하고 있으면서도, 정원 구석진 곳에 조그만 집필실을 마련했다. 이곳에서 그는 방해받지 않고 조용한 분위기에서 글을 썼다.

글을 쓰는 사람들에게는 글쓰기에만 집중할 수 있는 나만의 공간을 갖는 것이 로망이다. 개인적 취향에 따라 규모가 클 수도 있고, 버나드 소처럼 소박한 것일 수도 있다. 하지만, 대부분의 사람들에게 별도의 집필실을 갖는 것은 '언젠가 이루고 싶은' 꿈이다.

■ 책 쓰기 좋은 장소 따로 없다

우리나라에서는 일부 자치단체나 예술단체가 작가들에게 무상 집필실을 제공하기도 한다. 대체로 소설가나 시인 등 문인들을 위한 것이라서 인문학 서적이나 자기계발서를 쓰려고 하는 사람들에게는 쉽지 않은 문이다. 설혹 집필실에 들어가는 데 '합격'하더라도 이용할 수 있는 기간은 2~3개월에 불과하다.

그렇다고 마땅한 장소가 없어서 책을 쓰지 못하는 것은 아니다. 집에서도 쓸 수 있고 카페, 독서실, 도서관 등 알아보면 괜찮은 곳이 많다.

어떤 사람은 베란다에다가 책상과 의자를 갖다 놓고 집필실로 이용하기도 하고, 안 쓰는 창고를 작업실로 개조해서 활용하기도 한다. 약간의 여유가 있는 사람들이라면 오피스텔이나 원룸을 얻어 집필실로 사용할 수도 있을 것이고, 농가나 전원주택을 빌리는 것도 생각해 볼 수 있다.

이동중인 지하철 안이나 화장실에 앉아서도 글을 쓸 수 있을 테니까 '내가 편한 곳'이면 어디든 가능하다고 해도 좋을 것 같다.

■ 가능하면 집 밖으로 나가라

사람에 따라서는 내 방이나 서재에서 글을 쓰는 것이 편할 수도 있다. 굳이 외출복으로 갈아입을 필요도 없고, 식사를 쉽게 해결할 수 있고, 컴퓨터와 프린터 등 생활의 모든 편의를 한 곳에서 이용할 수가 있다.

하지만, 집은 책쓰기를 위한 '안전장치'가 약한 곳이다. 집안일로 인해 신경이 분산되어 자칫 하루를 '공칠' 수 있고, 집에만 있다 보니까 최소한의 하루 운동량을 채우기도 힘들다. 그리고, 좁은 공간에서 식구들과 함께 생활하다 보면 '충돌'이 잦을 수도 있다. '삼식이'라는 불만 제기와 함께.

그래서 가급적이면 책을 쓸 때 밖으로 나갈 것을 권하고 싶다. 기분전환도 하고, 걷기 운동도 하고, 사람들이 사는 모습을 보는 것도 즐거운 일일 것이다.

이를 위한 가장 좋은 장소는 도서관이다. 도서관은 각종 서적과 간행물, 신문 등을 마음껏 읽을 수 있고 열람실에 가서 공부도 할 수 있는 것이 큰 장점이다. 노트북을 갖고 가서 이용할 수 있는 공간이 마련되어 있는 도서관도 많다. 국립·시립 도서관 이외에 동네 주민센터에도 도서관이 설치되고 있으니까 근처에 이런 도서관이 있는지부터 알아보자.

자료실은 보통 오전 9시~저녁 6시, 열람실은 오전 7시~밤 11시까지 운영한다(겨울과 일요일에는 단축 운영). 학생들이 주로 이용하는 주말이나 시험기간이 아니라면 느즈막하게 도서관에 도착해도 좌석을 확보하는데 문제가 없다. 도서관을 찾는 중장년·노년층이 점차 늘어나고 있다고 하니 '이 나이에 무슨'이라며 꺼려하지 않아도 된다.

카페를 이용하는 것도 좋다. 커피 한 잔 값이면 한 쪽 테이블을 차지하고 앉아서 글을 쓸 수가 있다. 대부분 전원을 연결할 수 있는 콘센트가 설치되어 있어서 노트북과 스마트폰 충전 걱정은 할 필요가 없다.

오랫동안 앉아 있으면 눈치가 보일 수도 있지만, 요즘은 카페를 사무실처럼 사용하는 사람들이 많고 종업원들도 바빠서 별로 관심을 두지 않는다. 그래도 신경이 쓰인다면 1·2층으로 되어 있는 카페를 찾아 종업원들이 잘 다니지 않는 2층으로 올라가거나 하루에 두 군데 정도 장소를 옮겨 다니는 것도 괜찮을 듯하다.

■ 노트북을 휴대하라

글을 쓰기 위해 집 밖으로 나가는 경우라면 노트북을 이용하자. 종이에 적어도 되겠지만, 어차피 다시 컴퓨터로 옮겨야 하니까 두 번 수고할 필요는 없다.

노트북은 기능에 따라 가격이 천차만별이다. 우리 50·60대가 책을 쓰는 데는 한글문서를 작성하고 인터넷을 이용할 수 있는 정도의 기능만 있으면 충분하다. 삼성과 LG같은 대기업 제품이라도 기본적인 사양이라면 큰 부담 없이 한 대 장만할 수 있다. (저자는 50만원 후반대의 삼성 제품을 구입해서 만족스럽게 사용하고 있다.)

05.
힘들면 함께 가라

기러기는 장거리 이동을 할 때 협동을 하는 것으로 알려져 있다. V자 대형을 짜서 날아가는데, 이렇게 하면 앞 기러기의 날갯짓이 만드는 상승기류로 인해 뒤 기러기는 힘이 덜 든다. 이렇게 해서 기러기들은 혼자 날아갈 수 있는 거리보다 70%나 더 멀리까지 갈 수 있다.

이뿐만이 아니다. 맨 앞에서 가는 기러기가 가장 힘들기 때문에 선두를 교대해 가면서 이동한다. 선두에서 날아가는 기러기에게 힘을 북돋아주기 위해 뒤를 따르는 기러기들은 끼룩끼룩 응원의 소리도 낸다고 한다.

이와 같은 기러기들의 행동은 오랜 세월을 거쳐 자연에 순응해 온 결과일 것이다. 하지만, 그렇게 협동하는 모습은 우리들에게 놀라움을 주고 아름다움을 느끼게 한다. '함께 가는' 자세를 배우라는 교훈도 주면서.

■ 혼자 책쓰기가 힘들 때는 방법을 찾자

책쓰기는 기본적으로 혼자서 하는 행위이다. 하지만, 처음에 혼자서 책을 쓰다보면 어려움을 느낄 수밖에 없다. 하나부터 열까지가 다 생소하다. 가고 있는 방향이 맞는 것인지 의심이 든다. 책쓰기도 잘 진척되지 않는다.

여러 권의 책을 읽어서 책쓰기에 대해 대략적으로 알고 있다고는 해도 아직 완전히 '내 것'으로 체화하지 못했기 때문이다. 이럴 때는 혼자서만 끙끙 골머리를 앓을 것이 아니라 '외부'에서 해결책을 찾아보는 것도 좋다.

주변에 책쓰기에 관심이 있거나, 먼저 시작한 사람이 있다면 그야말로 행운이다. 번거롭게 하는 것이 아닐까 주저하지 말고 다가가자. 내 코가 석 자인데!

관심 있게 읽은 책의 저자에게 메일을 보내 궁금한 사항을 확인하는 것도 한 가지 방법이다. 정말로 눈코 뜰 새 없이 바쁜 저자가 아니라면 독자들의 메일에 친절하게 답해 줄 것이다. 어쩌면 기대했던 것 이상으로 자세하게 알려줘서 미안함을 느껴야 할지도 모른다.

요새는 지역 도서관이나 주민센터 등에서 저자를 초청해서 여는 강연 프로그램이 많다. 스케줄을 미리 챙겨 두었다가 찾아가서 듣고, 질의응답 시간에 평소에 생각했던 것들을 물어보도록 하자. 여러 사람이 있는 데서 질문하기 곤란하다면 강연 후 저자가 이동할 때 뒤따라가면서 잠깐 질문을 던지는 것도 실례가 되지는 않을 것이다.

■ 책쓰기 코칭 센터 방문도 고려해 보자

다른 사람들로부터 도움을 받을 수 있는 또 한 가지 방법은 책쓰기 노하우를 가르쳐주는 코칭 센터를 찾는 것이다. 책쓰기에 관한 책을 쓴 저자들이 직접 강의를 하기 때문에, 실전에 적용할 수 있는 유익한 정보를 체계적으로 얻을 수 있는 가장 확실한 길이 아닐까 싶다.

혼자서 책쓰기를 할 때 가장 어려운 점은 작심삼일·용두사미가 되기 쉬운 것이다. 해봐야겠다고 작정했어도 급한 일이 생겨 미루게 되고, 저녁 술자리 약속을 하거나 일찍 잠자리에 들고 싶은 유혹을 이기는 것도 힘들다. 이렇게 하루 이틀 지내다보면 책을 써야겠다는 마음은 이미 물 건너가고 만다.

코칭 센터에 등록하게 되면 정해진 프로그램에 맞춰 따라가야 하니까 추진력이 생긴다. 코칭 센터마다 차이가 있기는 하지만, 대체로 2~3개월 동안에 주제 선정부터 출간기획서 발송까지 일련의 과정이 일사천리로 진행된다. 따라서 긴장된 상태를 유지할 수밖에 없다.

특히, 수업이 진행되는 기간 동안 본문쓰기 작업도 병행하는데, '숙제'의 효력이 대단하다는 것을 실감하게 된다. 혼자서 하면 1년이 걸려도 쓰지 못할 분량을 2~3개월 안에 써내게 하는 엄청난 힘을 발휘한다.

코칭 센터를 이용하면 저자 및 다양한 경력을 가진 수강생들과 인연을 맺을 수 있다는 점도 큰 장점이다. 코칭 센터에서는 여러 가지 교류 프로그램을 마련하기 때문에 선후배 기수들로까지 인맥을 확장할 수도 있다.

■ 코칭 센터는 어떻게 선택해야 할까

우리 사회에 책쓰기에 대한 관심이 커지면서 책쓰기를 가르쳐 주는 곳이 많이 생겼다. 지난해말에는 '고액의 수강료만 챙기고 실질적으로 해주는 것은 없는' 일부 코칭 센터를 비판하는 TV 보도도 있었다.

이러한 얌체 같은 센터는 소수이겠지만, 혹시 모를 피해를 방지하려면 등록하려는 코칭 센터가 믿을만한지 사전에 확인하는 것이 필요하다. 코칭 센터를 운영하고 있는 저자가 누구인지, 어떠한 작가들이 배출되었는지 알아보는 정도면 충분할 것이다.

코칭 센터들 가운데는 김병완 작가가 대표로 있는 '한국퀀텀리딩센터'와 김태광 작가가 운영하는 '한국 책쓰기 성공학 코칭협회', 그리고 조영석 작가의 '성공 책쓰기 플러스' 등이 눈에 띈다. 김병완 작가는 『48분 기적의 독서법』, 김태광 작가는 『10년차 직장인, 사표

대신 책을 써라』, 조영석 작가는 『이젠, 책쓰기다』 등으로 우리에게 친숙하다. 이들 작가는 독서법과 책쓰기 등 다양한 주제에 대해 꾸준히 글을 쓰고 있으며, 이들이 운영하는 코칭센터 수료자 중에서 현재 작가로 활동하고 있는 사람들도 많다.

〈 주요 코칭 센터 〉

코칭 센터	주요 출신 작가 (저서)
	연락처·카페
한국퀀텀리딩센터 (대표 : 김병완)	• 이종길 (소형아파트 빌라 투자 앞으로 3년이 기회다) • 최형만 (북. 세. 통.) • 기성준 (독서법부터 바꿔라) • 권귀현 (질문하는 힘) • 김영익 (내 아이에게 들키기 싫은 영어실력 몰래 키워라)
	• 전화번호 : 070-4156-6036 • 이메일 : kbwcollege@naver.com • 카페 : cafe.naver.com/collegeofkim
한국 책쓰기 성공학 코칭협회 (총수 : 김태광)	• 장계수 (직장인 자기혁명 공부법) • 이해원 (300만원으로 꽃집창업 10년만에 빌딩을 짓다) • 김새해 (내가 상상하면 꿈이 현실이 된다) • 이영민 (초등생활 처방전) • 김희영 (버리지 않고 떠나기)
	• 전화번호 : 070-4414-3780 • 이메일 : bookcoach77@naver.com • 카페 : cafe.naver.com/bookuniversity
성공 책쓰기 플러스 (소장 : 조영석)	• 배준형 (한국의 빌딩부자들) • 고용일 (이직의 패러독스) • 김태희 (부자는 모두 사모펀드로 돈을 번다) • 강남영 (러시아, 지금부터 10년이 기회다) • 양은심 (일본 남자여도 괜찮아)
	• 전화번호 : 010-3360-7414 • 이메일 : raonbook@naver.com • 카페 : cafe.naver.com/successband

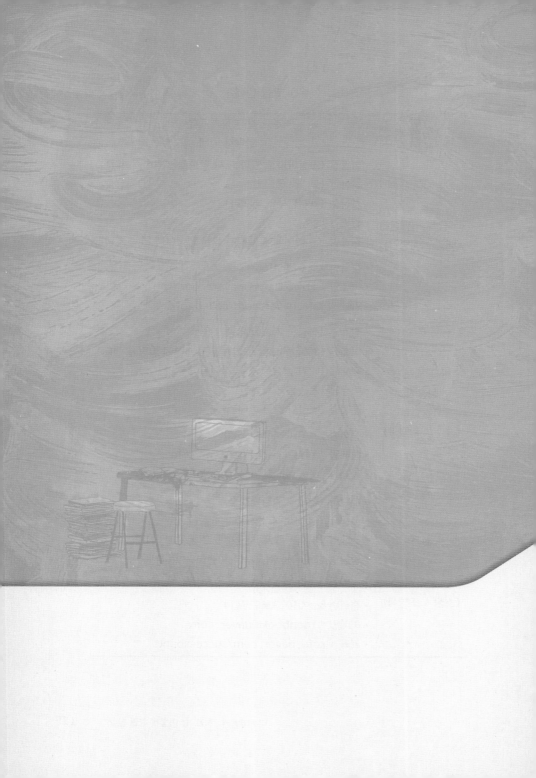

Chapter 5

책쓰기, 이렇게 하면 된다 Ⅱ

01.

독자가 읽고 싶은 것을 써라

국내에는 매일같이 엄청난 양의 책이 출간되어 나온다. 2013년에 총 4만 7,589종의 신간이 발행(대한출판문화협회 집계, 정기간행물과 교과서는 제외)되었으니까, 이를 365일로 나눠보면 하루에 130종이 발간되었다는 얘기가 된다. 문학 서적이 가장 많은 비중을 차지하고 사회과학, 아동, 만화, 기술과학, 종교, 예술 서적 등이 뒤를 이었다.

이렇게 많은 책이 발간되다 보니 독자들의 관심을 끌지 못해 서점과 출판사 창고에서 먼지만 뒤집어쓰다가 사라지거나 2쇄에 들어가지 못하는 책들이 부지기수이다. 이러한 상황에서 우리 50·60대들이 처음으로 쓴 책이 독자들로부터 사랑을 받으려면 어떻게 하면 될까?

■ 주제선정에 관심을 기울여라

『다빈치 코드』를 쓴 댄 브라운은 '책에 대한 아이디어를 어디서 얻었느냐'는 질문에 대학에서 공부할 때 처음 떠올랐고, 수년 후에 또

다시 같은 생각이 났다면서 "대답을 할 때까지 이 이야기는 계속해서 내 방문을 두드렸다"고 대답했다.

노벨상을 수상한 미국의 여류작가 토니 모리슨은 "당신이 정말 읽고 싶은 책이 아직 쓰여지지 않았다면, 그것을 써야 할 사람은 당신"이라고 말했다.

우리 50·60대는 반평생 이상의 긴 세월을 살아오면서 댄 브라운의 경우처럼 문을 열어주기만 기다리고 있는 이야기들을 간직하고 있다. 토니 모리슨이 말한 것처럼 정말 읽고 싶은 이야기도 있다. 그것은 바로 우리 자신이 겪어 온, 엮기만 하면 그대로 책이 될 수 있는 이야기들이다. 우리의 이야기이기 때문에 다른 사람이 아니라 우리가 책으로 써야만 하며, 그렇게 하려는 의지도 갖고 있다.

하지만, 아쉽게도 우리가 책을 쓴다고 해서 곧바로 출판으로 이어지는 것은 아니다. 출판사로서는 수익을 남기는 것이 최우선이기 때문에 팔릴 수 있는 책인지를 면밀히 검토한 후 출간 여부를 결정하게 된다. 어렵게 출판사의 관문을 통과했더라도 독자들의 평가가 기다리고 있다.

우리의 책쓰기는 단지 책을 써서 자기만족을 하는 데 목적이 있는 것이 아니다. (그럴 목적이라면 출판사에 원고를 투고하지 않고 자비로 출판하면 된다.) 내 이야기가 많은 사람들한테 읽히고 세상에 도움이 되기를 바란다. 책이 많이 판매되어 생활에도 보탬이 되고 내 이름 석 자가 오래 기억

될 수 있기를 희망한다. 그래서 독자들이 어떠한 반응을 보일지는 우리에게 중요한 문제이다.

'1차 독자'인 출판사와 독자에게 다가가기 위해 무엇보다도 중점을 두어야 할 것은 독자들이 읽고 싶어 하는 주제를 선정하는 것이다. 이 부분에서 우리는 딜레마에 빠질 수 있다. 우리는 '내가 살아온 이야기', '내가 관심을 갖고 있는 주제'에 대해 쓰고 싶은데, 독자들의 니즈(needs)에 맞춰야 한다는 것은 얼마나 슬픈 일인가.

하지만, 그렇게 비참한 심정에 빠지지 않아도 좋다. 우리가 책으로 쓰고 싶은 이야기는 한 두 개가 아니다. 하고 싶은 이야기들을 쭉 늘어놓고 이중에서 독자들이 가장 관심을 가질만한 것부터 집어들고 시작하면 된다.

우리는 학창시절 수학시간에 교집합이라는 개념을 배웠다. 두 개의 집합 가운데 공통되는 부분이 교집합이다. 책쓰기 주제 선정도 이와 같은 교집합으로 설명이 가능하다. 우리가 쓰고 싶은 주제와 독자들이 관심을 가진 주제 중에서 중복되는 주제를 책쓰기 주제로 정하면 되는 것이다.

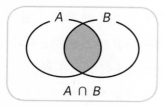

- A : 저자가 쓰고 싶은 주제
- B : 독자들이 관심을 가진 주제
- $A \cap B$: 책쓰기 가능한 주제
  (저자와 독자 모두 관심)

내가 꼭 쓰고 싶은 이야기가 교집합 속에 들어있지 않다면, 나의 꿈을 잠깐 미뤄 두고 독자들이 관심을 가질만한 주제부터 책쓰기를 시작해 보는 것은 어떨까? 첫 책을 출간하게 되면 인지도가 높아진 만큼 작가의 재량권도 커질 테니까 그 때 가서 내가 하고 싶은 이야기를 써도 늦지 않을 것이다. 책을 쓰고 출판하는 과정에서 많은 경험을 하게 됨으로써 관심의 폭이 보다 넓어져 독자들과 교감할 수 있는 새로운 교집합을 찾는 것도 가능할 테고.

■ 눈길을 끄는 제목을 고민하라

독자들이 책을 구입할 때 가장 먼저 보게 되는 것이 제목이다. 제목의 흡인력이 강하다면 책을 집어 들어 서문과 목차를 읽어보고 본문도 훑어보게 될 것이다. 반대로 제목이 평이하다면 아무래도 독자의 눈길을 끌기 힘들 것이다.

제3장의 '인세는 기본, 강연료는 보너스다' 꼭지에서도 언급한 바 있는 『아프니까 청춘이다』는 지난 2011년 150만부 이상의 판매부수를 기록하면서 베스트셀러에 올랐다. 김난도 교수가 젊은이들의 아픔을 이해하고 공감했기 때문에 가능한 일이었겠지만, 이러한 인기의 배경에는 제목도 크게 작용한 것으로 알려져 있다. 힘든 시기를 보내고 있는 젊은이들은 책 제목만 보고도 위안을 받고 힘을 얻었을 것이다.

쌤앤파커스 출판사의 박시형 전 대표는 책을 내기 몇 년 전부터 이 제목을 마음에 두고 있었다고 하는데, 제목을 보고 책을 구입한 사람들이 많다고 하니 『아프니까 청춘이다』가 베스트셀러가 된 데에는 박시형 대표가 큰 역할을 한 셈이다.

『칭찬은 고래도 춤추게 한다』(켄 블랜차드)와 『연금술사』(파울로 코엘료)도 책 제목의 중요성을 보여주는 대표적 사례로 많이 인용된다. 각각 『칭찬의 힘』과 『꿈을 찾아 떠나는 양치기 소년』이라는 제목으로 출간되었다가, 제목을 바꿔 발간되었다. 단지 제목만 변경했을 뿐인데 판매량이 몇 배나 늘었다.

요즘 『미움 받을 용기』(고가 후미타케·기시미 이치로)와 『상처 받을 용기』(이승민)가 인기를 끌고 있다. 우리는 누구나 미움 받거나 상처받고 싶지 않기 때문에 이들 책은 제목에서부터 무슨 내용일지 궁금증을 자아내고 호기심을 유발한다.

책이 독자들로부터 좋은 평가를 받기 위해서는 무엇보다 내용이 중요하겠지만, 제목도 엄청난 플러스 효과를 가져다줄 수 있다. 책 제목은 인쇄에 들어가기 직전까지도 변경 가능하니까 책을 쓰는 틈틈이 이런저런 제목을 구상해 보면 좋을 것이다. (PART 2에 이 책의 제목을 『오후반 책쓰기』로 정한 경위가 설명되어 있으니 읽어보면 참고가 될 것이다.)

■ 독자들을 유혹하는 서문을 준비하라

독자들이 책을 구입하기에 앞서 가장 관심 있게 읽는 부분은 아마도 서문일 것이다. 서문을 보면 어떤 책인지 바로 파악이 가능하기 때문이다. 서문이 이와 같이 책에서 중요한 부분을 차지하고 있는 만큼 각별히 신경을 쓰는 것이 좋다.

서문에는 책의 핵심주제, 내용과 특징 등 독자들이 궁금해 하는 주요한 사항들이 망라되어 있어야 한다. 이러한 기본적인 사항들을 전달하면서 독자들이 본문을 읽어보고 싶어지게끔 하는데 중점을 두어야 한다.

그 핵심은 강렬한 인상을 남기는 것이다. 이를 위해서는 짧은 문장이 지닌 '힘'을 최대한 활용해서 설득력 있게 설명하면 효과적이다.

서문의 분량은, 저자에 따라서는 길게 쓰는 경우도 있지만, A4 2쪽 정도면 적당하다. 이 정도 분량이라면 필요한 사항들을 다 담으면서도 독자들의 호기심을 자극하는 데 충분하지 않을까 싶다.

■ 목차에도 관심을 두어라

목차도 독자의 관심을 끄는 데 중요한 요소중 하나이다. 독자들은 책 앞부분에 있는 목차를 살펴본 뒤 자신에게 적합한 책인지 여부를 결정하는 경우가 많다. 책 내용 전체가 아니더라도 특정 부분에 관심이 생긴다면 책 구입으로 이어질 수 있다. 따라서, 목차 작성에 세심한 주의를 기울이는 노력이 필요하다.

목차가 독자들의 시선을 끌기 위해서는 다음과 같은 점들에 유의하면 좋을 것이다.

- 목차에 본문 내용이 콤팩트하고 함축적으로 드러나도록 한다.
- 목차의 각 부분이 '따로국밥'이 되지 않고 체계적으로 연결되도록 한다.
- 각 장과 꼭지의 제목이 식상하고 밋밋한 느낌이 들지 않게 한다.
- 각 꼭지의 제목 하나하나가 독자들의 관심을 끌 수 있도록 신경 쓴다.
- 각 꼭지에 들어갈 내용이 서로 중복되지 않도록 한다.

이러한 기본적인 사항들을 염두에 두고 꼭지 제목을 생각나는 대로 30~40개 정도 적어 보자. 그리고 나서 꼭지 제목들을 멀리서 들여다보자. 그러면 꼭지들을 몇 개로 분류할 수 있는 기준을 발견하게 될 것이다. 경우에 따라서는 꼭지를 묶을 공통분모를 쉽게 찾기 힘들 수 있다. 하지만, 이렇게도 해보고, 저렇게도 하다 보면 결국에는 해결책을 찾을 수 있다.

이렇게 해서 한 데 묶이는 꼭지들이 책의 각 장(챕터)을 구성하게 된다. 이와 달리 장을 먼저 나눠 놓고, 여기에 해당하는 꼭지들을 생각해 보는 것도 하나의 방법일 테니까, 편한 방식을 취하면 될 것이다.

각 장은 5~10개 정도의 꼭지로 이루어지니까, 책을 총 30개 정도의 꼭지로 구성한다면 장은 3~6개가 된다. 이 경우 각 꼭지는 4쪽 정도를 염두에 두고 집필하면 된다. (2-4 꼭지에서 설명한 것처럼, A4 용지 120매 정도의 원고면 250쪽 내외의 책자를 제작할 수 있는 분량이 된다.)

02.

잘 쓰려고 하지 마라

'머피의 법칙'이라는 말이 있다. 일이 제대로 풀리지 않고 꼬이기만 하는 것을 가리키는 용어다. 1990년대 중반에 히트했던 같은 이름의 노래에는 두 가지 '머피의 법칙' 사례가 나온다. 미팅을 나갔는데 짝이 되지 않았으면 하는 여자가 파트너가 되고, 모처럼 목욕탕에 갔더니 정기휴일이다.

글을 멋지게 써야겠다고 마음먹을수록 오히려 엉뚱한 방향으로 나가고 잘 써지지 않는 경우가 많은데, 이것도 '머피의 법칙'이라고 할 수 있을 것 같다.

■ 가벼운 마음으로 쓰고 고치자

글을 많이 써보지 않은 사람들에게는 책쓰기가 쉽지 않은 작업이다. 특히 첫 문장을 쓰는 것은 더더욱 그렇다. 오랜 고민 끝에 문장을 생각해내도 '장고(長考) 끝에 악수(惡手)' 두는 결과가 나오기 십상이다.

이것은 왜 그럴까? 첫 문장이 중요하다는 것을 수없이 들어 왔고, 마음속에 잘 써야 한다는 부담이 너무 커서 그럴 것 같다. 그렇다면 해결책은 간단하다. 부담감을 가지지 않으면 된다.

하지만, 말은 쉬워도 이를 떨쳐버리기란 쉬운 일이 아니다. 이럴 때는 '일단 써놓고 나중에 고치면 된다'는 생각을 자신에게 심어주도록 하자. 문장 하나하나를 고민하면서 쓰다가는 얼마 쓰지 못한 채 기진맥진하게 되고, 각 문장이 부드럽게 이어지기를 기대하기도 어려울 것이다.

'나중에 고치면 된다'는 것이 바로 글쓰기에서 강조하는 '퇴고'이다. 퇴고는 '글을 지을 때 여러 번 생각하여 고치고 다듬는다'는 의미를 갖는 말인데, 중국 당나라 시인 가도가 시구를 지을 때 '민다'(推)와 '두드린다'(敲) 가운데 어떤 표현을 쓸까 고민한 데서 유래한다.

퇴고의 유래가 된 가도의 시는 다음과 같다.

閑居少隣竝 (한가롭게 머무니 함께하는 이웃은 드물고)
草徑入荒園 (풀 사이 오솔길은 황폐한 뜰로 들어간다)
鳥宿池邊樹 (새는 연못가 나무에서 잠들고)
僧敲月下門 (스님은 달빛을 받으며 문을 두드린다)
過橋分野色 (다리를 건너니 들판의 색도 나뉘고)
移石動雲根 (돌을 옮기니 구름 뿌리가 움직인다)
暫去還來此 (잠시 떠났다가 다시 이곳에 오리니)

幽期不負言 (다시 오겠노라는 그윽한 기약 어기지 않겠노라)

퇴고를 중시하는 작가는 국내외에서 어렵지 않게 찾아볼 수 있다. 아니, 모름지기 작가라면 글쓰기를 할 때 퇴고를 기본원칙으로 삼아야 하는 것인지도 모르겠다. 글쓰기에 천부적인 재능을 갖고 태어나지 않는 이상은.

대표적인 작가는 헤밍웨이이다. 노벨상 수상작인 『노인과 바다』를 쓰기 위해 200번 이상 퇴고했다고 한다. (400번 퇴고했다는 얘기도 있다.) 일본작가 가와바타 야스나리는 『설국』을 12년간 공들여 퇴고한 끝에 완성했고, 『고리오 영감』을 쓴 발자크는 하루중 15시간가량 글을 썼는데 쓰는 시간과 퇴고하는 시간을 거의 똑같이 할애했다.

국내에서는 박경리, 안정효, 최명희, 오정희 작가 등이 퇴고를 많이 한 작가로 알려져 있다. 최명희 작가는 『혼불』을 쓰고 다듬는 일에 17년간이나 매달렸으며, 오정희 작가의 경우는 퇴고를 많이 해서 작품을 거의 외울 정도였다고 한다. 간호사를 하다가 소설가로 등단한 정유정 작가는 『내 심장을 쏴라』를 15번, 『7년의 밤』은 8번, 『28』은 5번 퇴고했다.

굳이 유명작가의 사례를 인용하지 않더라도, 우리는 경험을 통해 퇴고의 중요성을 이미 잘 알고 있다. 글을 다 쓴 뒤 어느 정도 시간적 여유를 두고 다시 읽어보게 되면, 글을 쓸 때는 미처 신경쓰지 못한 부분이 눈에 띄기도 하고 전에는 생각하지 못한 새로운 아이디어가 떠오르기도 하지 않는가.

　단편소설집 『악어의 맛』의 저자인 이서영 작가는 "일단은 글이 생각만큼 안 나와도 나중에 고친다고 생각하고, 어떻게든 끝을 맺어주는 것이 모든 것의 출발"이라고 말했다. 우리에게 딱 맞는 글쓰기 방법을 제시해 주고 있는 것 같다.

■ 명문장을 쓰고 싶은 유혹을 떨쳐내자

　우리의 글쓰기를 힘들게 하는 또 다른 요인은 명문장을 써야 한다는 압박감일 것이다.

　　청춘! 이는 듣기만 하여도 가슴이 설레는 말이다. 청춘! 너의
　　두 손을 대고 물방아 같은 심장의 고동을 들어 보라. 청춘의 피
　　는 끓는다. 끓는 피에 뛰노는 심장은 거선의 기관같이 힘있다.
　　이것이다. 인류의 역사를 꾸며 내려온 동력은 꼭 이것이다….

　우보 민태원(1894~1935)의 수필 『청춘예찬』의 앞부분이다. 『나의 사랑하는 생활』·『수필』(피천득), 『신록예찬』(이양하), 『낙엽을 태우며』(이효석) 등과 함께 국어교과서에 수록되었던 작품이다. 50·60대라면 선생님이 설명해 주는 내용을 좁은 행간에 빈틈없이 적어 넣고 거의 달달 외우다시피 했던 기억들을 갖고 있을 것이다.

학창시절에 이렇게 멋진 글들을 접해서일까, 우리의 의식 속에는 '모름지기 글을 쓴다고 하면 명문장을 써야한다'는 생각이 은연중에 자리 잡고 있다. 그래서 글을 쓰는 것을 어렵게 여긴다.

그렇지만 우리가 느끼는 압박감은 무의미한 것이다. 명문장을 써야 한다고 생각할 필요가 전혀 없다. 우리가 책쓰기를 하는 목적은 멋들어진 글을 쓰는 데 있지 않다. 우리는 단지 그동안 살아오면서 그 자체가 이야기인 것들을 책으로 엮어 다른 사람들과 나누고 싶을 뿐이다.

영화 『벤허』를 제작한 윌리엄 와일러 감독이 "정녕 제가 이 작품을 만들었단 말입니까?"라고 외쳤듯이 글을 쓰다보면 "정녕 제가 이 글을 썼단 말입니까?"라고 감격스러워할 글도 쓰게 될 수 있다. 하지만, 미리부터 그런 욕심을 내지는 말자. 우리의 책쓰기는 길이 후세에 남을 명문장을 만들어내려는 것이 아니라, 우리가 겪고 생각해 온 것들이 제대로 전달되기만 하면 된다는 점을 항상 기억하자.

03.
이해하기 쉽게 써라

책을 읽다보면 어떤 책은 처음부터 끝까지 술술 읽힌다. 다음에 어떤 내용이 나올지 궁금해져서 책장을 뒤로 넘겨보고 싶은 생각이 들고, 읽고 난 후에는 책에서 받은 감명으로 인해 흥분상태가 한동안 지속되기도 한다.

이에 반해 읽기 어려운 책들도 많다. 내용은 좋지만, 복잡하고 난해해서 한 문장 한 문장을 잔뜩 집중해서 읽어야 가까스로 이해가 되는 책도 있고, 끝까지 읽어야 한다는 의무감 때문에 마지못해 읽게 되는 책들도 있다.

이렇게 책에 따라 흡인력과 가독성에 차이가 나는 이유는 무엇일까? 독자가 읽기 쉽도록 신경을 썼는가, 그렇지 않고 저자의 입장에서 일방적으로 글을 써내려갔는가 하는 점이 중요한 요인이 아닐까 싶다.

■ '쉬운 글'이 좋은 글이다

좋은 글이 어떤 글인가 하는 데 대해 정해진 정의는 없다. 읽는 사람의 마음에 울림을 주어서 몇 번씩 되짚어가며 읽게 하는 글, 자신의 감정을 꾸밈없이 솔직하게 표현한 글, 읽고 나서 머릿속에 남는 창의적이고 가치 있는 글, 다른 사람들이 알고 싶어 하는 내용을 알려주는 글, 작가와 독자가 교감할 수 있는 글 등 사람마다 기준이 다르다.

평생을 초등학교 교사로 재직하면서 아동문학가 겸 국어학자로 활동을 했던 이오덕 선생은 『우리말 바로쓰기』라는 책을 남겼다. 총 5권으로 구성된 책인데, 번역·일본 말투를 걸러내고 우리말을 다듬은 명저로 손꼽힌다.

이오덕 선생은 이 책에서 좋은 글은 3가지 요건을 지녀야 한다고 말하면서 첫 번째 요건으로 '쉽게 이해할 수 있는 글'을 강조한다. (다른 두 가지는 '읽을 맛이 나는 글'과 '읽을 만한 내용을 담고 있는 글'이다.) 선생은 책에서 나쁜 글의 유형에 대해서도 10여 가지로 압축해서 설명하고 있는데, '꼭 하고 싶은 말이 무엇인지 갈피를 잡을 수 없는 글'과 '전문가들이 쓰는 어려운 말로 치장한 글'이 그러한 유형에 포함된다.

이를 거꾸로 생각한다면 '말하려는 내용이 명료하게 전달되고, 쉬운 말로 표현된 글'이 쉽게 이해되는 글이라는 얘기이다. 우리가 책을 쓰는데 그대로 적용해도 좋을 원칙이다.

■ 쉬운 글을 쓰려면 이렇게 하라

그러면 쉽게 이해될 수 있는 글을 쓰기 위해서는 어떻게 하면 될까?

무엇보다도 중요한 것은 독자의 수준을 중학생 정도로 생각하고 쓰는 것이다. 쉬운 단어를 사용하고 어려운 내용을 쉽게 풀어서 씀으로써 어린아이에서부터 대학생과 일반인들까지 전 연령대가 함께 읽을 수 있다면 좋을 것이다.

특히, 우리가 쓴 책을 읽게 될 독자는 학자 등 전문가 보다는 평범한 일상을 살아온 50·60대의 연령대가 대부분일 것이고, 독서활동을 지속적으로 해온 사람들도 그리 많지 않을 것이라는 점을 고려할 때, 쉽게 쓰려는 노력은 더욱 필요하다.

두 번째는 가급적 짧은 문장을 사용하는 것이다. 필요에 따라 긴 문장을 쓰기도 해야겠지만, 문장이 길어지면 아무래도 복잡해지고 한 번만 읽어서는 이해하기 어렵다. 짧은 문장은 쉽게 이해된다는 측면 이외에 힘이 있다는 강점도 갖고 있다.

우리 사회에서 대표적인 만연체 문장은 판결문이다. 사례를 쭉 나열하다 보니까 어쩔 수 없이 문장이 길어지게 된다고 하지만, 문장이 길어야 권위와 위엄을 갖는다고 생각하는 점도 영향을 미쳤을 것이다. 최근에는 이러한 판결문조차 점차 짧아지는 추세이다. 알기 쉬운 글을 요구하는 시대적 변화에 순응하기 위한 불가피한 선택일 것이다.

글을 읽다가 의문이 생기지 않도록 쓰는 것도 중요하다. 이것은 독자를 배려하고, 독자의 입장에서 쓰는 것이라고 할 수 있는데, 애매한 표현을 사용하지 말고 독자가 궁금해할만한 사항은 반드시 설명하고 넘어가라는 것이다.

작가 자신이 알고 있는 사항이라도 독자는 모르는 경우가 많이 있다. 예를 들어, 앞에서 이오덕 선생에 대해 언급했는데, 교육이나 아동문학·우리말에 관심이 적은 독자라면 처음 접하는 인물일 수 있다. 이런 점을 생각해서 책 속에 미리 친절하게 설명을 해둔다면 읽기 쉬운 책이 될 것이다.

■ 소리 내어 읽어도 보자

글을 쓰고 난 다음에는 소리를 내서 읽어보라는 점도 짚고 넘어가고 싶다.

이것은 앞 꼭지에서 말한 퇴고와도 관련되어 있다. 자신이 쓴 글이라도 소리 내어 읽다보면 부드럽지 않고 '딱 걸리는' 부분이 있다. 바로 이것이 '손을 봐야 하는' 부분이다. 문장이 어색하거나, 어법에 맞지 않거나, 오자가 있거나 뭔가 문제가 있는 것이다. 잘 들여다보고 이리저리 고친 후 다시 소리 내어 읽어 보자. 그래도 이상하면 또 고치자. 이런 과정을 몇 번 반복하다보면 문장이 처음보다 훨씬 이해하기 쉽고 좋아지는 것을 느낄 수 있다.

소리 내어 읽는 것과 함께 주변사람에게 읽어봐 달라고 부탁하는 것도 권하고 싶다. 글을 쓴 사람이 몇 번을 반복해서 봐도 보이지 않던 부분이 다른 사람이 보면 단번에 발견된다. 작가가 미처 생각하지 못한 점도 지적·보완해 줄 수 있다.

출판사 측에서도 나름대로 신경을 써서 문장을 다듬겠지만, 저자가 할 수 있는 만큼 최선을 다한 후에 원고를 넘기도록 하자. 그래야 작가의 의도가 잘 전달될 수 있을 것이고, 출판사와 작가간의 신뢰도 깊어질 것이다.

04.

스토리로 끌고 가라

아빠가 딸과 대화를 나누고 싶어 옆으로 다가가서 말을 건넨다. 하지만, 딸은 아빠에게 관심이 없다. "엄마, 김 어딨어?"라고 딴 소리를 하고, 현관 밖으로 나간 아빠를 불러서는 '엄마 못 봤냐'고 묻는다. 그러다보니 집에서 키우는 강아지도 아빠를 본 체 만 체 하는 것 같다. 자막에는 "투명 아빠들, 피로하시죠?"라는 자막이 나온다. 박카스 광고 내용이다.

박카스는 1963년에 드링크 제품이 처음 출시된 이후 현재까지 동아제약이 제약업계 1위를 유지할 수 있게 해주는 효자상품이다. 여기에는 광고가 핵심적인 역할을 담당한다. 제품 자체에 대한 홍보가 아닌 스토리텔링 마케팅을 통해 소비자에게 감성적으로 접근함으로써 인기를 유지하고 있다. 박카스 광고 이야기는 스토리텔링이 그만큼 중요하다는 것을 보여주는 대표적인 사례다.

■ 뭐니 뭐니 해도 재미가 우선이다

스토리텔링은 원래 '이야기를 들려주는 것'을 의미하는 문학용어였다. 우리나라에서 스토리텔링을 가장 효과적으로 구사한 문학가는 소설가 이청준이 아닐까 싶다. 『우리들의 천국』, 『별을 보여드립니다』, 『서편제』 등 수많은 유명한 작품을 남겼다. 특히 중편소설 『이어도』는 환상의 섬인 이어도를 중심으로 전개되는 이야기들을 흥미롭게 그렸다.

지금은 '스토리텔링'이 문학뿐 아니라 영화, 방송 등 우리의 일상생활에서도 널리 사용된다. 알리고자 하는 메시지를 재미있고 생생한 이야기로 설득력 있게 전달하여 공감을 이끌어 내고 있다.

책쓰기에도 이러한 스토리텔링이 필요하다. 책을 읽는 것은 고생을 감내해야 하는 힘든 작업이어서는 안 된다. 독자들이 우리가 쓴 책을 재미있게 읽으면서 필요한 정보를 얻고, 교훈도 얻을 수 있도록 해야 한다. 그리고, 이왕 책을 읽기 시작했으면 끝까지 다 읽도록 '유도'해야 한다.

이를 위해서는 흥미있는 에피소드를 가급적 많이 넣고, 특히 도입부에 신경을 쓰는 것이 필요하다. 독자가 앞부분을 읽고 흥미를 느끼지 못한다면 몇 줄 읽다가 책을 내려놓기 쉬울 것이다. 반대로, 앞의 내용이 재미있다면 다음에 어떤 내용이 이어질지 궁금할 것이고, 한 문장 두 문장 읽어 내려가다가 끝까지 읽게 될 것이다.

책쓰기에서 스토리텔링의 중요성이 인식되면서 소설 형식으로 책을 쓰는 경우도 눈에 많이 띈다. 이러한 형식으로 쓰인 대표적인 자기계발서는 홍대리 시리즈이다. 2004년 『기획천재가 된 홍대리』를 시작으로 현재까지 독서, 회계, 세일즈, SNS, 주식 등에 관한 책이 15종정도 발간되었다. 지난해 5월 누적 판매부수가 100만권을 돌파했으니까 지금은 훨씬 더 많은 판매량을 기록하고 있을 것이다.

『마시멜로 이야기』(호아킴 데 포사다·엘런 싱어), 『폰더씨의 위대한 하루』(앤디 앤드루스), 『꾸뻬씨의 행복여행』(프랑수아 를로프)과 같은 외국작가들의 책도 국내에서 많은 인기를 얻었는데, 이야기가 갖는 힘이 이러한 인기에 도움이 되었을 것 같다.

『각시탈』, 『식객』 등의 만화를 그린 허영만 화백은 "만화는 무조건 재미있어야 한다"고 말했다. 그는 만화에 대해 이야기했지만, 책쓰기에도 적용할 수 있는 '금과옥조'일 듯싶다.

■ 글의 구성에도 신경을 써야 한다

이 꼭지 제목 속의 '스토리'가 단순히 스토리텔링만을 가리키는 것은 아니다. 틀을 잘 구성해서 쓰자는 의미도 포함하고 있다. 책에는 이것저것 잔뜩 나열만 되어 있어서는 안 되며 각 부분들이 서로 부드럽게 잘 이어지도록 짜임새가 있어야 한다. '구슬이 서 말이라도 꿰어야 보배'라는 속담과도 같은 맥락이다.

일정한 방향 없이 두서없이 쓴 글들을 자주 보게 된다. 개인적인 느낌을 적은 글이라면 '붓 가는 대로' 쓰는 것도 자연스럽다. 하지만, 독자들에게 특정 분야의 정보를 제공하는 등의 목적성 있는 글일 경우에는 좀 더 엄격해질 필요가 있다. 어떤 점에서는 이것이 작가의 책무라고도 할 수 있다.

글이 짜임새를 갖추려면 글을 써내려가기에 앞서 틀을 짜야 한다. 이를 위해서는 종이 위에다가 여기에는 이런 내용, 저기에는 저런 내용을 넣자는 식으로 써보는 것이 좋다. 머릿속으로 생각만 해서는 아무래도 전체의 윤곽을 그리기 힘들다. 종이 위에 적으면 흩어진 생각들이 정리도 되고, 새로운 아이디어가 떠오르기도 할 것이다.

이와 같이 틀을 짜는 작업은 꼭지뿐 아니라 장(챕터), 그리고 책 전체에 대해서도 필요하다.

꼭지의 글을 쓸 때에는 꼭 넣어야 할 내용들을 미리 생각하고, 어떻게 배치하면 효과적일 지를 궁리해 보자. 이런 방식으로 글을 쓰게 되면 글이 처음에 의도했던 방향과 달리 삼천포로 빠지는 것을 방지할 수 있고, 독자의 입장에서도 글이 일정한 흐름을 갖게 되니까 훨씬 읽기 쉬워질 것이다.

장은 꼭지들로 이루어지는데, 3~4개의 꼭지가 한 장을 구성할 수도 있고, 많은 경우에는 10개 이상으로 구성될 수도 있다. 꼭지의 내용에 따라 시간이나 중요도 등에 따라 순서를 정해 배열하도록 하자.

책의 전체적인 틀을 짜는 작업은 결국 목차를 짜는 것과 같다. 기승전결 등 여러 방식을 검토하여 독자들의 관심을 최대한 유발할 수 있도록 하면 될 것이다.

■ 한 바구니에 많은 것을 담으려고 하지 마라

책을 쓰다가 보면 풍부한 내용을 담으려는 의욕이 넘쳐서, 갖고 있는 자료를 활용하고 싶어서, 혹은 양을 채우기 위해서 이것저것 집어넣게 된다. 많은 자료를 잘 엮어서 서로 연결되도록 한다면 더 할 수 없이 좋을 것이다. 하지만, 많은 것을 한꺼번에 넣으면서 일관성 있는 흐름을 유지하는 것은 쉬운 일이 아니다. 자칫 '사공이 많으면 배가 산으로 가는' 식으로 글이 전혀 의도하지 않은 방향으로 나가고 핵심도 잃게 된다.

이렇게 되면 독자들이 이해하기 어려운 글이 되고 만다. 온갖 좋다는 재료를 다 넣는다고 맛있는 음식이 되지 않으며, 소박한 재료라고 하더라도 요리하는 사람이 누구인가에 따라서는 훌륭한 음식이 만들어지는 것과 마찬가지이다.

이러한 점을 감안해서 하나의 글에는 하나의 핵심 주제를 선정하고, 여기에 맞는 재료들을 넣도록 하자. 재료가 많아서 넘친다면 몇 편의 글로 써도 될 것이다.

'달걀을 한 바구니에 담지 마라'는 말이 있다. 달걀을 한 군데에 넣고 가다가 떨어뜨리기라도 하면 한꺼번에 모두 깨질 수 있으니까 나눠서 담으라는 얘기이다. 주식투자를 할 때 한 곳에 올인하지 말고 여러 종목에 분산투자를 하라는 의미로 사용된다. 우리의 책쓰기도 이러한 원칙을 원용하는 것이 필요하다.

05.
차별화로 승부하라

캐나다에 다녀온 지인으로부터 냉장고에 붙이는 자석을 선물 받았다. 앞 쪽에는 그림이 있는데, 파란 하늘과 코발트색 바다가 주는 파스텔 톤의 밝은 느낌이 좋다. 배 위에서는 한 여성이 망원경으로 뭔가를 바라보고 있고, 뒤에는 일행인 듯한 남자가 양 팔을 벌리고 앉아 있다.

그런데, 뭔가 이상하다. 자세히 보니 남성의 얼굴이 여성의 손과 망원경에 가려져 보이지 않는다. 그리고, 무엇인지 불분명한 물체가 사진의 왼쪽 반을 점유하고 있다. 사진이라면 우연히 그런 장면이 찍혔다고 생각할 텐데, 그림이 그런 구도를 갖고 있으니까 의아하다. 설명을 들으니 이해가 된다. 그림을 그린 화가는 알렉스 콜빌(1920~2013)인데, 일상을 낯설게 하는 작품들로 잘 알려져 있다고 한다. 작가는 다른 사람들과 다른 시각에서 대상에 접근함으로써 '차별화'에 성공한 것이다!

■ 조그만 차이가 경쟁력이다

이 장의 첫 꼭지(독자가 읽고 싶은 것을 써라)에서 살펴보았듯이 우리나라에는 매일매일 엄청나게 많은 양의 책이 쏟아져 나온다. 이런 상황에서 우리가 쓰는 책이 살아남으려면 다른 책들과의 차별화 전략이 필요하다.

내용의 차별화는 기본이고, 형식과 표현에도 신경을 써야 한다. 그래서 작가와 출판사들은 색다른 내용을 본문에 포함시키고, 사진이나 도표로 시각적 효과를 높이고, 감성을 불러일으키는 용어와 단어를 골라서 사용하기도 하는 등 다양한 노력을 기울인다. 표지도 다른 책들과 구별되어 눈에 확 띄도록 디자인한다.

그렇지만, 이와 같이 우리가 쓰는 책에 차별성이 필요하다고 해서 너무 부담스럽게 생각하지 않아도 된다. 책 한 권이 온통 차별화된 것들로만 구성되어야 하는 것은 아니기 때문이다.

치킨집을 예로 들어보자. '소상공인 시장진흥공단'의 집계에 따르면 전국의 치킨집 수는 2014년 11월 현재 4만 3,765개이다. 지난해 전국의 가구수가 약 1,800만개니까 400가구에 한 개꼴로 치킨집이 있는 셈이다.

우리나라에서 퇴직하는 사람들이 가장 많이 시도하는 것이 치킨집인데, 이중 절반가량이 창업 후 3년 안에, 83%가 5년 후에 문을 닫는다고 한다. 즉, 5명중 4명이 퇴직 자금을 날려버리고 있는 것이다. 하지만, 이를 거꾸로 생각한다면 경쟁이 치열해도 1/5은 살아남는다는 얘기가 된다.

이렇듯 어떠한 경쟁에서든 이기는 사람들은 존재한다. 이들은 열심히 노력하는 사람들이다. 승부 의식을 갖고 도전하며, 끊임없이 아이디어를 내는 사람들이다. 하지만, 그렇다고 '살아남은 1/5'이 기존의 메뉴와 완전히 차별화된 새로운 것을 개발하는 것도 아니다. 이들의 성공은 치킨집 내부를 청결하게 유지하고 고객을 존중하는 등 기본을 충실히 하거나, 새로운 양념을 시도해 본다든지 하는 조그만 것에 기인하는 경우도 많다. 조그만 차이가 엄청난 결과의 차이를 가져오는 것이다.

책쓰기의 경우도 마찬가지이다. 차별성을 지녀야 한다고는 해도 책 전체가 남들과 다른 것들로만 꽉 채워져야 하는 것은 아니다. 주제가 참신하다든지, 다른 책에서 찾아볼 수 없는 새로운 내용을 담고 있다든지 하는 차이만으로도 책은 충분히 경쟁력을 갖출 수 있는 것이다.

베스트셀러나 유명 작가들의 작품도 '하늘에서 뚝 떨어진' 것과 같은 내용들로 가득 차 있는 것은 아니지 않은가? 그러니까 '엄청나게 새로운 것'을 써야 하는 것이 아니라 '약간 다른 것'을 찾으면 된다는 생각으로 가볍게 접근하도록 하자.

■ 차별화된 글을 위한 Tip

그러면, 책이 차별성을 갖도록 하려면 어떻게 하면 될까? 여러 가지 방법이 가능하겠지만, 다음과 같이 해보면 도움이 될 것이다.

(1) 나 혼자만의 경험을 최대한 활용하자

이 세상에는 수많은 사람들이 살고 있지만, 똑같은 삶을 살고 있는 사람은 단 한 명도 없다. 겉으로 보기에는 비슷해 보일지 몰라도 좀 더 자세히 들여다보면 백인백색이다.

나의 독특한 경험들을 한 데 모아보고, 지내온 삶을 가만히 돌이켜 보면서 기억의 한 구석에 자리 잡고 있는 이야기들을 끄집어내자. 그래서 책을 쓸 때 '필살기'로 이용하자. 이러한 작업은 사진이나 일기 등 단초가 될 만한 것들을 이용한다면 보다 용이해질 것이다.

(2) 똑같은 것, 일상적인 것이라도 다르게 보자

앞서 캐나다 화가 콜빌의 예에서 보듯, 우리가 접하는 똑같은 대상이라도 생각하기에 따라서는 완전히 다른 모습으로 다가올 수 있다. 그러나, 이러한 것은 자연히 이루어질 수 있는 것은 아니며, 부단한 노력이 필요하다.

『익숙한 것과의 결별』·『낯선 곳에서의 아침』과 같은 멋진 제목의 책이 있다. 자기계발 분야에서 많은 활동을 한 고 구본형 변화경영

연구소 대표의 책이다. 문학기법에는 사물을 새로운 시각으로 보라는 '낯설게 하기'라는 용어도 있다. 의도적으로 주변의 모든 것을 새롭게 다시 보는 노력은 우리의 책쓰기를 위한 '힘'이 되어줄 수 있을 것이다.

(3) 깊게 생각하자

우리는 생활하다 보면 다른 사람들의 생각이나 주장·논리를 내 것인 양 그대로 사용하는 경우가 많다. 생각하는 게 힘들고 귀찮기도 해서일 것이다. 하지만, 우리의 책이 차별성을 갖도록 하기 위해서는 이러한 '귀차니즘'에서 벗어나서, 나 자신의 성을 쌓을 필요가 있다.

이를 위해서는 독서가 필요하다. 우리는 50년 이상의 연륜으로 인해 나름대로의 사고 기반을 갖고 있다. 하지만, 직접적인 경험만으로는 한계가 있을 수밖에 없다. 의식 확장을 위해 독서의 양을 늘려보자. 다른 사람의 오랜 인생 경험과 지혜를 단 몇 시간 만에 내 것으로 만들 수 있는 좋은 방법이 독서 말고 뭐가 있겠는가?

(4) 꺼풀을 벗겨 깊숙이 들어가 보자

러시아에는 '마트료시카'라는 인형이 있다. 큰 인형 안에 그보다 작은 인형이 들어있고, 그 안에는 더 작은 인형이 들어가는 식으로 작게는 5개, 많게는 20~30개가 한 세트로 되어 있는 인형이다. 양파도 겉꺼풀을 벗기면 안에 무수히 많은 꺼풀들이 차곡차곡 쌓여 있다.

마트료시카 안에 들어있는 인형과 양파 속의 꺼풀들을 책을 분류하는 '카테고리'라고 생각해 보면 어떨까 싶다. 수많은 책들이 쏟아져 나오면서 차별성 있는 주제를 찾기가 점점 어려워지고 있다. 한 단계 낮은 카테고리로 들어가서 보다 세분화된 주제를 찾는다면 신선한 주제 개발이 가능할 것이다.

(5) 색다른 시도를 해보자

우리는 관습과 학습 효과 등으로 인해 정해진 틀 안에서 생각을 하게 된다. 코끼리는 어렸을 때 말뚝에 매어두면 큰 뒤에도 벗어날 생각을 못 한다는 얘기가 잘 알려져 있는데, 이와 비슷하다고 할 수 있다.

기업에서는 이와 같은 정형화된 사고의 틀을 탈피해서 상품을 개발하기 위해 수많은 단어들이 적힌 두 종류의 카드묶음을 이용하는 방법이 사용되기도 한다. 두 카드묶음을 회전시켰다가 멈췄을 때 나오는 한 쌍의 단어를 갖고 활용방법을 찾아보는 것이다. 이렇게 해서 의외로 좋은 아이디어가 나온 사례들이 있다고 한다. 우리가 책쓰기를 할 때도 이와 같이 전혀 어울릴 것 같지 않은 대상들을 서로 연결도 시켜 보고 엉뚱한 상상도 해보면 차별화에 도움이 될 수 있을 것 같다.

06.
자료로 생명을 불어넣어라

지난 6월 제2 연평해전을 소재로 한 영화『연평해전』이 개봉되었다. 영화는 고속정 참수리 357호에 탑승한 우리 해군병사들의 평화로운 일상과 사랑을 보여주다가, 북한 경비정과의 교전으로 급박하게 상황이 바뀐다. 영화 속의 남북 해군간 교전은 실제와 똑같이 25분간 이루어지면서 병사들의 다급함과 고통을 생생히 그려낸다. 특히, 가라앉은 배의 조타실에서 한상국 하사(전사 후 중사로 진급)가 조타기에 자신의 손을 묶은 채로 발견되는 장면은 깊은 인상을 남긴다.

김학순 감독은 영화 장면들을 생생하게 표현하기 위해 자료 수집에 많은 노력을 기울였다고 한다. 생존자들을 인터뷰하고, 전국에서 열린 추모행사에 일일이 찾아다니면서 유가족들을 만나기도 했으며, 해군 훈련현장을 따라다니기도 했다. 이러한 감독의 열정이 있었기에 관객들에게 공감을 줄 수 있었고, 600만명이 넘는 많은 인원이 영화를 관람했을 것이다.

■ 자료는 책쓰기를 위한 핵심 요소다

책을 쓸 때도 자료는 중요하다. 학창시절에 '아무리 강조해도 지나치지 않다'를 영어로 어떻게 표현해야 하는지 배웠던 것을 기억할 것이다. ('cannot overemphasize'라는 구문을 사용한다.) 이러한 표현을 자료에 적용하면 딱 맞다. '자료의 중요성은 아무리 강조해도 지나치지 않다.'

각종 글과 그림, 도표, 수치 등 글쓰기에 들어가는 모든 것들이 자료이다. 책쓰기를 집짓기와 비교하기도 하는데, 모래, 자갈, 돌, 나무 등 집을 지을 때 들어가는 재료들이 곧 책쓰기에서는 자료라고 할 수 있는 것이다.

그러면, 책쓰기에서 자료가 왜 중요한 것일까?

먼저, 자료는 작가가 글을 써 내려갈 때 논리나 주장을 뒷받침하기 위해서 필요하다. 작가가 자신의 생각을 온갖 미사여구를 사용해서 길게 늘어놓더라도 독자에게는 개인적인 생각이나 궤변, 넋두리로 보일 수 있다. 이 때 필요한 것이 자료이다. 글의 내용에 맞는 객관적인 자료를 중간 중간에 넣는다면 설득력을 갖추는 데 많은 도움이 될 것이다.

자료는 영화 『연평해전』과 같이 생동감을 주고 재미를 부여하기 위한 '약방의 감초'이기도 하다. 이 장의 '스토리로 끌고 가라' 꼭지

(5-4)에서 말한 것처럼 책은 뭐니 뭐니 해도 재미가 우선이다. 정보 전달이 목적인 책이라고 하더라도 무미건조하다면 읽는 것이 얼마나 고역일 것인가. 작가는 독자에게 책 읽는 즐거움을 주어야 한다. 이를 위해 필요한 것이 자료이다. 최적의 자료를 찾아서 최적의 위치에 배치해야 한다.

작가가 직접 경험한 것을 활용할 수도 있겠지만, 1차적인 자료만으로는 한 권이나 되는 분량의 책을 쓰기가 쉽지 않다. 한 권의 책으로 끝나는 것이 아니고 여러 권의 책을 쓰기로 작정한 경우라면 더더욱 그럴 것이다. 그렇기 때문에 작가는 TV 프로그램의 '생활의 달인'들처럼 자료를 자유자재로 다룰 수 있는 '자료의 달인'이 되어야 한다. 지속적으로 관심을 갖는다면 그리 어려운 일은 아니다.

자료를 읽다보면 새로운 아이디어가 떠오르기도 하는데, 이것은 자료가 가져다주는 '덤'이라고 할 수 있을 것이다. 조그만 아이디어가 단초가 되어 꼬리에 꼬리를 물어 발전하면 한 권의 책이 될 수도 있으니, 작가에게 자료는 이래저래 고마운 존재가 아닐 수 없다.

■ 자료 수집을 중시한 작가들

누구에게나 책을 쓰기 위해서는 자료가 중요하겠지만, 자료를 수집하고 이용하는 것을 남달리 중시한 작가들이 있다.

외국 작가의 경우, 우리나라에도 많은 팬을 갖고 있는 프랑스 작가 베르나르 베르베르를 들 수 있다. 『뇌』, 『나무』, 『제3인류』 등 어느 작품이든 철저한 자료 수집을 기초로 해서 썼는데, 특히 『개미』를 쓰기 위해 10년이 넘게 자료 수집을 한 것으로 알려져 있다. 기계를 통해 인간과 개미가 대화를 주고받는 인상 깊은 장면도 아마 이러한 과정에서 착안하지 않았을까 싶다.

『로마인 이야기』(전 15권으로 구성)를 쓴 일본 여류작가 시오노 나나미도 치밀한 자료 수집과 현지답사로 유명하다. 50세 이후에 작품을 쓰기 시작해서 매년 1권꼴로 책을 냈는데, 집필에 앞서 20년간 자료를 수집했다고 한다. "가보지 않은 땅에 대해서는 쓸 수 없다"고 말할 정도로 '자료에 입각한 책쓰기'라는 확고한 원칙을 갖고 있다.

국내에서는 조정래, 김주영, 김훈, 정유정 작가 등이 자료를 중시하는 작가로 많이 거론된다. 조정래 작가의 대하소설 『태백산맥』은 철저한 자료조사를 거친 팩트에 근거를 둔 것으로 알려져 있는데, 작가 자신도 "『태백산맥』이 역사적 사실에 기초하지 않았다면 아마도 지금의 성공은 이뤄낼 수 없었을 것"이라고 말한 바 있다. 2년 전에 발간되어 여전히 인기를 끌고 있는 『정글만리』의 경우도 스크랩·취재한 자료가 노트 110권 분량이라고 하니 대단한 일이다.

김주영 작가는 『객주』에서 보부상의 삶을 생동감 있게 묘사하기 위해 5년여 동안 전국의 전통시장을 샅샅이 돌아다녔으며, 『남한산성』·『칼의 노래』의 저자인 김훈도 역사에 대한 고증을 바탕으로 작품을 썼다. 추리적 성격의 작품을 주로 쓰고 있는 정유정 작가도 "막연하게 쓰는 걸 용납하지 못 한다"고 말할 정도로 '지독할 만큼 철저하게 조사'한 후 작품을 쓰는 것으로 유명하다.

자료를 중시하는 작가의 예로 소설가들을 들었지만, 우리가 쓰려고 하는 자기계발서나 인문서적의 경우도 예외는 아니다. 자료가 뒷받침되어야만 훌륭한 작가, 좋은 작품으로 인정받을 수 있는 것이다.

■ 자료를 관리하는 효과적인 방법

책을 쓰는데 자료가 중요한 만큼 효과적으로 관리해야 한다. 그러려면 수집·정리·활용의 측면에서 접근하는 것이 필요하다.

(1) 자료 수집

쓰려고 하는 책의 주제와 관련된 책과 논문 등을 다양하게 읽고 인터넷 검색 등을 통해 자료를 수집한다. 책의 성격에 따라서는 인터뷰와 현장답사 등을 통해 직접 1차 자료를 '생산'하기도 한다. 이렇게 해서 자료가 웬만큼 축적되면 본격적으로 책쓰기를 시작한다. 글을 쓰다보면 추가적으로 필요한 자료가 생기기 마련이다. 그러면 그 때 그 때 찾는 것도 필요하다. (단, 자료를 찾을 때는 아무리 시간이 많아도 부족한 느낌이 드니까 시간을 마냥 길게 잡을 것이 아니라 일정 시간을 정해놓고 시간 내에 찾은 자료만으로 '요리'를 하도록 권하고 싶다.)

하지만, 충분한 시간적 여유가 있다면 모를까, 책쓰기 주제를 정한 다음에 자료를 찾는 것은 어려운 작업이다. '개똥도 약에 쓰려면 귀하다'는 말도 있듯이, 막상 필요한 것을 찾으려고 하면 눈에 잘 띄지 않는다. 그래서 평소에 신문이나 책 등을 읽을 때 관심 있는 사안이나 나중에 필요할 만한 것들을 미리 챙겨두는 것이 좋다.

(2) 자료 정리

자료 정리에는 보관뿐 아니라 분류하는 작업도 포함된다. 자료를 수집한 다음에는 분실되지 않도록 잘 존안하자. 그리고, 나중에 활용하기 편하도록 카테고리별로 분류해 두자. 자료를 모으기만 하고 쌓아 둔다면 나중에 필요할 때 고생을 하게 된다. 시간에 쫓겨 가며 자료를 급하게 찾다보면 기껏 수집한 자료를 제대로 활용하지 못하는 결과도 낳게 된다.

자료의 보관·관리는 아날로그와 디지털 방식 모두 가능하다. 아날로그 방식은 종이 자료 등을 그대로 보관하는 것이고, 디지털 방식은 스캔 등을 통해 자료를 컴퓨터에 보관하는 것이다. 아날로그 방식은 컴퓨터를 켤 필요 없이 바로 자료를 볼 수 있고, 쭉 넘겨가며 읽을 수 있는 등 장점이 있다. 하지만, 아무래도 디지털 방식이 자료를 한 군데 모으기 쉽고 많은 자료를 한꺼번에 검색할 수도 있으니까 편리한 점이 많다.

(3) 자료 활용

나중에 필요할지도 몰라서, 아니면 노년의 추억거리를 위해서 자료를 모으고 쌓아 두고 있다면 그만두라고 권하고 싶다. 자료 수집·정리를 위해서는 많은 시간과 노력이 투입되어야 하는데, 차라리 좀 더 생산적인 일이나 취미생활 같은 데로 돌리는 것이 좋을 것이다.

우리의 자료 수집·정리는 활용을 위한 것이다. 아무리 많은 자료를 갖고 있더라도 활용하지 않는다면 쓰레기나 마찬가지이다. 직접 사용하지 않고 다른 사람들에게 제공할 수도 있겠지만, 자료를 받는 사람은 모은 사람만큼 자료에 애착이 크지 않다. 우리가 모은 자료는 우리가 직접 활용해야 가치가 극대화될 수 있다. 우리의 이야기를 직접 책으로 쓰면서 갖고 있는 자료를 활용하는 것이 가장 좋은 방법인 것이다.

이상과 같이 간단하게 자료 관리에 대해 알아보았다. 자료의 중요성을 감안해서 다음 장(챕터)에 저자의 경험에 기초한 자료관리 요령·방법을 구체적으로 설명해 놓았으니 참고하면 좋을 것이다.

Chapter 6

내
보물창고를
만들어라

01.

그물을 촘촘하게 짜라

어린 시절 개울에서 손그물(반도)을 갖고 물고기를 잡은 기억들을 갖고 있을 것이다. 한 친구가 그물 양 쪽의 막대기를 개울 바닥에 단단히 고정시켜 놓고 그물 아랫부분을 꽉꽉 밟은 다음 기다리고 있으면, 다른 친구들은 멀리서부터 개울 가장자리를 발로 쳐가면서 물고기를 그물 쪽으로 몰아온다. 그물을 들어 올리면 미꾸라지, 붕어 등 여러 물고기가 들어있다. 이중에서 작은 것은 개울에 놓아주고, 다시 그물을 친다.

책쓰기를 위해서는 다양한 자료가 필요하다. 손바닥만한 물고기도 필요할 것이고, 손가락 크기보다 작은 피라미들이 요긴하게 사용되는 경우도 있을 것이다. 그래서 그물을 좀 더 촘촘하게 짜야 하고, 어렸을 적 고기잡이할 때처럼 잡은 물고기를 놓아주어서는 안 된다. (그렇다고 '비인간적'이라고 생각하지는 말자.)

■ 자세히 들여다보자

우리는 일상생활에서 책, 신문, 여행, 영화, TV 등을 끊임없이 접하고 있다. 이러한 매체는 우리가 조금만 관심과 노력을 기울인다면 수많은 자료를 제공해 주는 '샘'이 될 수 있다. 초원에서 생활하는 몽골 사람들은 시력이 좋아서 멀리서 다가오는 물체도 분간할 수 있다고 한다. "저기 아버지 오신다"고 했는데, 3~4일 뒤에 집에 도착하더라는 얘기도 있다. 과장 섞인 말일 테지만, 몽골 사람들의 눈을 갖고 자세히 들여다보면 자료 확보가 그만큼 수월해질 것이다.

그러면, 일상 속의 '매체'들을 어떻게 대해야 자료수집으로 연결시킬 수 있을까? '내 손에 들어온 것은 놓치지 않는다'는 태도가 해답일 것이다.

책은 저자의 삶이 그대로 담겨있는 보고(寶庫)이다. 충분히 소화시키기만 한다면 그만큼 간접 경험을 하게 되는 셈이고, 그 안에 담긴 내용도 '내 것'으로 삼을 수 있다. 그러기 위해서는 약간의 수고가 필요하다. 눈으로만 읽는 데서 그치지 말고, 읽는 중간 중간에 중요한 부분에 표시를 하고 느낌을 적어 두자. 그리고, 책을 다 읽은 후에는 표시해둔 부분을 따로 모아서 정리하고, 나중에 다시 참고할 경우에 대비해서 어떤 책인지 한 눈에 알 수 있도록 간단하게라도 서평을 적자.

신문도 자료 수집을 위한 중요한 원천이다. 어떤 사람들은 여러 종류의 신문을 구독해 읽는다. 뉴스는 공통된 부분이 많으니까 아마도 특집 또는 기획기사를 중심으로 읽을 것 같다. 이처럼 많은 신문을 읽지는 않더라도 한 가지 신문이라도 자세히 읽도록 하자. 나중에 참고가 될 만한 기사는 전체 내용을 스크랩하고, 기사 내용 중 일부분만 필요할 경우에는 따로 메모해 두자.

인터넷은 특히 중요하다. 굳이 신문이나 방송을 안 보더라도 인터넷만 있으면 세상 돌아가는 것을 훤히 알 수 있다. 국제정세에서 연예기사까지 모든 것이 다 있다. 우리의 책쓰기를 위해서는 인터넷 자료를 볼 때 책이나 신문을 읽을 때와 마찬가지로 꼼꼼히 보는 노력이 필요하다. 단지 흥미 위주가 되어서는 안 된다. 인터넷은 읽으면서 필요한 부분을 바로 '긁어서' 내 컴퓨터 안에 옮겨다 놓을 수 있는 것이 큰 장점이니까 적극 활용하자.

여행은 짧은 기간에 새로운 것을 다량으로 접할 수 있는 기회이다. 사전에 여행지에 관해 연구를 해두면 여행의 효과를 몇 배로 높일 수 있을 것이다. 여행 기간 중에는 자세히 관찰하는 자세를 갖고 보고 듣는 것들을 가급적 상세하게 기록해두자. 『열하일기』를 쓴 박지원은 중국의 한 상점에 걸려있는 글을 적어서 책 속에 넣는 정성까지 보였다고 하니까 참고하자.

영화는 가벼운 마음으로 보면서 마음에 와 닿는 부분을 기록해 두자. 전체 줄거리는 인터넷에서 쉽게 찾아볼 수 있으니까 '내가 느낀 점'을 중심으로 적어두는 것이 의미 있을 것이다. TV를 아예 거실에서 치워버린 가정도 많이 있는데, 유용한 프로그램도 많이 방영되니까 선별해서 보면서 자료 출처로 활용하면 좋을 것이다.

■ 관심의 폭을 넓혀라

'아는 만큼 보인다'는 말이 있다. 이 말에 딱 들어맞는 사례가 2년 전에 국내 신문에 보도되었다.

서울 강남구 대모산 자락을 오르기 시작한 상규씨는 등산로에서 낯익은 씨앗을 발견했다. 빨간 산삼 씨앗이었다. 취미로 20여년 전부터 약초를 캤던 상규씨는 주위를 둘러봤다. 등산로에서 불과 2~3m 떨어진 곳에 씨앗을 뿌려낸 산삼들이 있었다. 한두 뿌리가 아니었다. 이날 상규씨는 산삼을 36뿌리나 캤다. 10년 이상 된 것만 20뿌리가 넘었다. 〈조선일보, 2013.9.7〉

대모산은 수서역 바로 옆에 있는 산이다. 그리 높지 않고 2시간 정도면 왕복할 수 있어 근처 주민들뿐 아니라 산을 좋아하는 사람들이 많이 이용한다. 이런 산에서 산삼이 발견되었다는 것은 놀라운 일이다. 수많은 사람들이 다녔는데도 발견되지 않던 것을 기사의 주인공이 발견했다. 그것은 산삼에 대해 알고 있었기 때문에 가능한 일이었다.

책쓰기를 위한 자료를 찾을 때에도 마찬가지이다. 알아야 보인다. 아무리 좋은 자료가 지천에 널려 있더라도 알아보지 못하면 무심히 지나치고 말 것이다. 따라서, 좋은 자료를 찾기 위해서는 다양한 분야에 관심을 갖고 책을 많이 읽는다든지 해서 사전에 배경지식을 넓혀두는 것이 필요하다.

■ 자료수집 루트를 개척하라

책쓰기 자료를 찾기 위해서는 나름대로 여러 채널을 '발굴'하는 것도 필요하다. 이를 위해서는 다음과 같은 방법이 도움이 될 것이다.

우선 개인적으로 또는 업무상 만나는 사람들과의 대화를 자료 수집에 활용하는 것이다. 대화를 하다보면 몰랐던 이야기를 듣기도 하고, 갑자기 아이디어가 떠오르기도 한다. 이런 기회를 놓치지 말고 더 자세한 설명을 요청하기도 하고, 좋은 아이디어는 메모해 두자.

주변사람들이 자료 수집에 도움을 줄 수도 있다. 관심을 갖고 있는 분야나 구상 또는 집필중인 책에 대해 알려주고, 좋은 자료가 있으면 전해달라고 얘기해 놓자. 그러면, 적극적으로 자료를 찾는 노력을 하지는 않더라도, 우연히 마주치는 자료가 있다면 기꺼이 전달해줄 것이다.

또 다른 수집 채널은 동호회 같은 모임에 가입해서 활동하거나 도서관 등에서 개최하는 각종 강좌에 참여하는 것이다. 그러기 위해서

는 발품을 파는 수고가 필요하지만, 이렇게 해서 좋은 자료가 확보될
수 있다면 그만한 값어치가 있을 것이다.

꿈을 기록하는 것도 생각해 볼 수 있을 것이다. 꿈을 꾸고 나면 대
개는 금방 잊어버린다. 그래서 꿈을 적기 위해서는 머리맡에 필기구
를 비치해 놓고, 자다가도 일어나 잊기 전에 적는 노력이 필요하다.

02.
순간을 놓치지 마라

한 여자 어린이가 발가벗은 채 울부짖으며 뛰어가고 있다. 뒤에는 철모를 쓰고 총을 든 채 걷는 군인들이 보이고, 그 뒤로는 온통 검은 포화다. AP통신 사진기자인 닉 우트가 월남 전쟁 중에 찍은 사진이다. 1972년도 퓰리처상을 받았다.

닉 우트가 9살 소녀가 뛰어가는 순간에 셔터를 누르지 않았더라면 이 사진은 세상에 존재하지 않았을 것이고, 월남전의 비극을 전세계에 효과적으로 알리지도 못했을 것이다. (소녀의 이름은 킴푹이다. 전신 30%에 화상을 입었지만, 17차례의 피부이식 수술을 받은 후 14개월 후에 퇴원했다)

■ 지나가 버리면 그만이다

'순간'은 아주 짧은 동안을 의미한다. 한자어대로 해석한다면 눈 깜짝할 사이이다. 눈을 깜빡하는 데 얼마만큼의 시간이 걸릴까?《웹 사이트 이용자들은 마우스를 클릭한 후 '눈을 깜빡하는데 걸리는

0.4초' 이내로 반응이 없으면 다른 것으로 넘어간다》는 한 인터넷 서비스 제공업체의 연구결과가 있는 걸로 봐서는 이 정도의 시간일 것 같다.

이와 같이 순간은 매우 짧은 시간이지만, 이 시간 동안에 우리의 뇌리 속에는 온갖 생각이 스쳐 지나간다. 그 가운데 어떤 것은 정말로 세상을 바꿀 만한 대단한 생각일 수도 있다.

아무리 훌륭한 생각이 떠올랐다고 하더라도 지나가면 그만이다. 생각은 우리의 기억 속에 오래 머물지 않는다. 연기처럼, 손가락 사이를 빠져 나가는 물처럼 사라져버리고 마는 것이다. 휘발성이 강해서 나중에 기억해 내려고 해도 잘 되지 않는다.

위에서는 순간적으로 떠오르는 생각에 대해 썼지만, 책을 읽는다든지 할 때 나중에 정리해 둬야겠다고 마음먹는 것도 마찬가지이다. 그 즉시 정리하지 않으면 마음먹은 그 자체를 금방 잊어버리고 만다. 그만큼 인간의 망각 속도는 빠르다.

그래서 우리는 뭔가 대책을 마련해 두지 않으면 안 된다. 그러면, 어떻게 해야 할까?

■ 필요한 사항은 즉각 처리하라

그 해답은 생각났을 때 바로 하는 것이다. '나중에 해야지' 하고 미루는 것은 무책임한 행동이다. '미필적 고의'라는 법률용어가 있다. 어떤 행위가 반드시 결과로 이어지지는 않지만, 그런 결과가 발생해도 어쩔 수 없다'는 것을 가리키는 말인데, 생각난 것을 바로 처리하지 않고 미루는 것은 결국 잊어버려도 어쩔 수 없다는 것과 같은 것이니까 '미필적 고의'의 범주에 들어가는 것이 아닐까.

머릿속에 어떤 생각이 떠올랐다면 그 자리에서 적어두자. 그러려면 필요할 때 바로 사용할 수 있도록 항상 메모도구를 갖추고 있어야 한다. 거창할 필요는 없다. 펜과 종이만 있으면 된다. 디지털 장치에 익숙하다면 스마트폰의 메모앱 같은 것을 이용해도 좋을 것이다.

이에 대해서는 『0초 사고』의 저자인 아카바 유지가 설명한 내용이 도움이 될 것 같아 관련 구절을 인용해 본다.

또 한 가지 중요한 점은 메모는 생각이 떠오른 자리에서 곧바로 써야 한다는 것이다. 밤에 잠들기 전에 한꺼번에 10페이지를 쓰는 게 아니라, 원칙적으로 떠오른 그 순간에 써야 한다. 뭔가가 마음에 걸리는 그 순간, 잊어버리기 전에 써놓는다. 이런 방식이라야 가장 신선한 기분으로 메모를 쓸 수 있다.

아이디어는 일생에 단 한 번의 기회나 마찬가지라고 생각한다. 머릿속에 떠오르는 아이디어, 걱정거리와의 만남은 두 번 다시 없을지 모르니 즉석에서 바로 써야 한다는 말이다. 종이에 적어두면 더 이상 사라지지 않는다. 정착해서 내 것이 된다. 자기가 쓴 메모인데도 나중에 다시 읽어 보면 좋은 글이구나 하며 감탄할 때가 분명 몇 번씩 생길 것이다.〈p.126〉

자료를 스크랩해야 한다든지 하는 경우라면, 바로 그 즉시 실행하자. 즉각 행동으로 옮기기 어려운 상황이라면 위에서처럼 메모해 두자.

결국, 메모를 잘 활용하자는 쪽으로 결론이 나고 말았다. 이것이 핵심이다. 순간을 놓치지 않으려면 적는 수밖에 없다. 다음 꼭지에서는 메모에 대해 자세히 살펴볼 것이다. 이 책을 읽는 독자들이 메모의 중요성을 인식하고 생활화한다면 책쓰기에 '확실한' 도움이 될 것이라고 자신 있게 말할 수 있다.

03.
메모를 경영하라

슈틸리케 감독이 지난해에 브라질 월드컵 예선 탈락으로 어려움에
빠진 우리나라 축구 국가대표팀을 맡았다. 그리고, 초기의 우려를
떨쳐내고 올해초 호주에서 열린 아시안컵에서 우리 팀이 27년만에
준우승을 할 수 있도록 이끌었다. 그래서 '실용주의적 리더십'이라는
표현까지 써 가면서 슈틸리케 감독의 리더십을 배우자는 얘기도 나오
고 있다.

슈틸리케 감독은 훈련 도중 틈날 때마다 수첩을 꺼내 메모를 한
다. 지난 1월 호주 아시안컵 대회 때도 대부분의 시간을 숙소에서 보
내면서 상대편 선수들의 경기 동영상을 보며 일일이 메모를 했다고
한다. 슈틸리케 감독에 대해서는 한국 축구에 대한 애정, 선수 선발
과 기용에 있어 공정성 확보, 선수들에 대한 강한 믿음과 신뢰 등이
장점으로 거론되지만, 이러한 메모에 대한 열정이 진짜 강점이 아닌
가 싶다.

■ 메모는 이래서 좋다

　성공을 거둔 수많은 사람들이 메모의 중요성에 대해 강조하고 직접 실천도 했다. 링컨, 에디슨, 레오나르도 다빈치, 베토벤, 슈베르트, 뉴턴, 아인슈타인, 빌 게이츠, 만델라, 존 레넌 등이 그러한 예이다. 이들은 '메모광'이라고 할 정도로 메모를 습관화했다. 아인슈타인이 집 전화번호를 질문받자 수첩을 꺼내서 찾으면서 '적어 두면 쉽게 찾을 수 있는데 뭣 때문에 기억하느냐'고 말했다는 얘기는 잘 알려져 있다.

　우리나라에도 이순신 장군과 다산 정약용을 비롯한 역사상의 인물부터 고 이병철 회장 등 CEO에 이르기까지 메모를 생활화한 사람들은 헤아릴 수 없을 만큼 많다. 샌프란시스코에서 우리 동포가 운영하는 레스토랑이 지난해 말 미슐랭 가이드 최고점인 별점 셋을 받았는데, 이 음식점에서는 고객이 먹은 메뉴를 기록해 두었다가 다음에 올 때는 다른 메뉴를 권했다고 한다. 박근혜 대통령도 《어린 시절부터 부모를 보며 메모습관을 배워서 무엇을 하든, 누구를 만나든 모두 기록해 두고 행동하는 것이 몸에 익었다》(『박근혜 스타일』, 진희정).

　메모는 대체 어떤 효용성과 매력을 지니고 있기에 이처럼 전 세계의 수많은 사람들이 활용하는 것일까? 여러 가지 이점들이 많지만, 주요한 것은 다음과 같다.

　먼저, 기억력의 한계를 보완해 준다. '붕어 머리'라는 말이 있는

데, 붕어가 낚시 바늘에 입이 찢어지는 호된 일을 당하고 나서도 금방 잊어버리고 다시 미끼를 무는 데서 나온 말이다. 하지만, 사람의 기억력도 만만치 않다. 약속을 잊어버리기 일쑤이고, 읽은 책도 얼마 지난 뒤에 다시 읽으면 처음 보는 책인 양 새롭다. 메모는 이와 같이 '기억력을 믿을 수 없는' 현실에서 보조 기억장치 역할을 해준다. 메모를 해두면 잊어버릴 일이 없다. 나중에 메모를 보면 기억이 되살아난다. 메모를 하고 나면 기억해 두어야 한다는 부담감에서 자유로울 수 있으니까 정신 건강에도 도움이 될 것이다.

메모의 두 번째 효용성은 아이디어와 관련된 것이다. 생활하다 보면 문득문득 머릿속에 여러 가지 생각이 떠오른다. 그 자체가 멋진 아이디어일 수도 있고, 당장은 별 것 아닌 것처럼 보여도 나중에 '대단한' 것으로 발전할 수 있는 실마리가 될 수 있다. 떠오른 생각을 메모하는 과정에서 아이디어가 확장될 수도 있다. '기회는 준비된 사람한테 찾아온다'고 한다. 생각을 적어두는 것은 기회를 잡기 위한 준비이기도 하다.

세 번째는 자료축적이다. 책이나 신문을 읽고, 대화를 나누고 할 때마다 필요한 내용을 메모해 두고 자료화하면 '나만의 보물창고'가 따로 없다. 정약용 선생은 책을 읽다가 중요한 내용이 있으면 종이에 적어 상자에 넣고 어느 정도 쌓인 후 꺼내서 분류하여 책으로 묶는 방식을 사용함으로써 500여권의 책을 저술할 수 있었다고 한다. 우리의 '보물창고'에도 어느 정도 자료가 쌓이면 카테고리 하나하나가 한 권의 책이 될 수 있을 것이다.

책을 쓰기 위해서는 아이디어가 필요하고 자료도 축적되어야 한다. 그런 의미에서 메모는 우리에게 반드시 필요하다. 메모를 효율적으로 관리한다면 그만큼 우리의 책쓰기는 수월해지고 내용도 풍부해질 것이다. 효과적인 메모 방법을 익혀서 잘 활용해야 하는 이유이다.

■ 책쓰기를 위한 메모활용 방법 5가지

(1) 습관처럼 하라

모든 다른 것들과 마찬가지로 메모도 처음에는 하기 힘들다. 책이나 신문을 읽을 때, 대화를 나눌 때, 길을 걷거나 차를 타고 이동할 때 메모를 한다는 것은 번거로운 일이다. 하지만, 습관이 되면 일상처럼 된다. 그렇게 될 때까지는 의식적으로 노력하는 수밖에 없다.

메모를 습관화하기 위해서는 무엇보다도 적극적인 의지가 필수적이다. 메모를 해야 하는 이유를 자신에게 납득시켜야 한다. 다행히도 우리에게는 책쓰기라는 목표가 있다. 이러한 목표는 메모를 지속적으로 할 수 있는 추진력을 우리에게 부여해 줄 것이다.

메모를 하겠다는 의지를 다졌다면, 그 다음에는 메모를 할 수 있는 준비를 갖춰야 한다. 준비라고 해봤자 특별한 것은 아니다. 메모지와 펜만 있으면 된다. 스마트폰이나 녹음기, 카메라 등을 이용해서도 메모를 할 수 있겠지만, 종이 위에 적는 게 가장 낫다. 종이를 꺼내서 적는 것이 가장 빠르기도 하고, 기억도 잘 된다.

펜은 잘 써지는 볼펜이 좋다. 가는 펜보다는 굵은 펜이 부드럽게 써지고 알아보기도 쉽다. 문구점에 가서 이것저것 써보고 적당한 것을 고르면 된다. 꼭 우리나라 제품만 고집하지 않는다면 일본 미츠비시 사의 JETSTREAM 1.0 제품도 고려해 보라.

필기도구를 준비했다면 어느 때든 메모할 수 있도록 책상, 거실장, 침대옆, 화장실 등 집안 곳곳에 놓아두자. 메모를 하려고 하다가도 필기구가 옆에 없으면 다음으로 미루기 쉽다. (그렇게 되면 이미 머릿속에서 사라지고 없을 것이다!) 외출할 때에는 상의나 바지 주머니, 또는 핸드백에 필기구를 넣어두자. 차 안에 필기구를 비치해 두어도 좋을 것이다.

(2) '1:1 원칙'을 기억하라

메모지 한 장에 한 건만 적자는 것이 '1:1 원칙'이다. 메모를 하다 보면 메모지에 이것저것 섞어서 적게 된다. 적을 때는 편할지 몰라도 나중에 정리·보관할 때 불편하다. 컴퓨터에 옮긴 후 폐기하지 않고 보관하려고 할 경우에는 다시 옮겨 적기도 해야 한다. 이런 점을 감안해서 '한 장에는 한 건만' 적도록 하자.

메모지에는 필요한 부분만 적고, 자세한 내용 확인이 필요할 경우를 대비해서 출처와 날짜를 함께 기록해 두면 좋다. 그리고, 분류할 때의 편의를 위해 메모지 한 귀퉁이에 카테고리명도 살짝 적어 놓자.

(3) 메모지를 통일하라

메모를 할 때 메모지는 손에 잡히는 대로 사용하는 경우가 많다. A4 크기의 복사용지나 수첩, 리갈패드 등이 주로 이용된다. 포스트 잇도 다양한 종류가 판매되고 있고 떼었다 붙였다 할 수 있어 많이 사용된다.

직접 사용해 보고 편한 것을 고르면 되겠지만, 단일한 메모지를 사용하도록 권하고 싶다. 이것은 앞의 경우와 마찬가지로 정리·보관의 편의를 위한 것이다. 단일한 크기의 메모지를 사용해야 보관이 편하고 분류하기도 쉽다. 크기가 들쭉날쭉한 종이들이 쌓여 있는 상황을 떠올려본다면 쉽게 이해가 될 것이다. (저자는 9.5cm x 9.5cm 메모지를 주로 사용하고 있다.)

메모지를 통일하는 것이 좋다고 했는데, 만일 일기쓰기 – 일기도 일종의 메모로서, 자료를 축적하고 아이디어를 붙잡아두는 유용한 수단이 될 수 있다 – 를 생활화하고 있다면 별도의 고려가 필요할 것이다. 집에서 적는다면 노트를 사용해도 되겠지만, 아무 때나 편할 때 적는다면 낱장에 적게 될 것이고, 이런 경우라면 아무래도 조금 큰 메모지가 좋다.

A4 용지를 사용하게 될 경우에는 휴대가 용이하도록 세 번 접으면 좋다. 이렇게 접으면 한 면에 8개의 공간이 생기니까 양면을 합치면

총 16개이다. 이정도 공간이면 많은 양을 적기에 충분하다. 리갈패드 A5 사이즈도 두 번 접으면 한 면에 4개씩 총 8개의 공간이 생기니까 이용하면 좋을 것이다.

(4) 무엇이든 적어라

관심 있는 책을 읽거나 여행을 하는 등 특별한 경우가 아니더라도 일상생활을 하는 중에도 수많은 자료를 접하게 되고 아이디어도 떠오른다. 주변 사람들과 지나가는 식의 대화를 나누다가, 인터넷을 들여다보다가, TV 프로그램을 시청하다가, 혹은 길을 걷는 도중에 다른 사람들이 나누는 대화를 우연히 듣다가…. 이럴 때라도 괜찮다 싶은 것이 있다면 망설이지 말고 적자. 가치가 있을까, 나중에 쓸 일이 있을까 고민하지 말고 무조건 메모부터 하자. 느닷없이 삶에 대한 감상에 빠지게 되는 경우가 있을 수도 있다. 그러한 때의 느낌도 적어 두자.

당장은 쓸모없어 보여도 나중에 쓰일 수 있고, 한 건 한 건은 아무 것도 아닐지 모르지만 모이면 큰 힘이 될 수도 있다. 정 필요 없게 되면 그 때 가서 버려도 된다. 그러니까 일단은 '내 보물창고'에 넣어 두자.

(5) 문장으로 기록하라

메모를 할 때는 자신만 알아볼 수 있게 하면 된다고들 말한다. 그래서 핵심적인 단어들만 적고, 필요에 따라서는 부호도 사용하고,

약어도 적고, 그림도 그리라고 한다. 맞는 말이다. 메모의 목적은 내용을 기록해 두는 데 있으니까 형식은 중요하지 않다. 특히, 순간적으로 떠오른 생각을 적는 경우에는 '날아가기' 전에 잡아두어야 하니까 더 그렇다.

하지만, 긴급한 경우가 아니라면 메모를 할 때 문장으로 적는 것을 권하고 싶다. 평소에 글을 쓸 기회가 많다면 모르겠지만, 그렇지 않다면 책을 쓰는 작업은 쉽지 않은 일이다. 하나하나의 문장을 만들어 나가는 것이 만만치 않다. 하루에도 수없이 적게 될 메모를 완성된 문장으로 적는다면 문장력을 높이고, 짧지만 글을 논리적으로 전개하는 연습을 하는 좋은 기회가 될 수 있을 것이다.

04.
곳간은 한 개가 좋다

경주 교촌마을에 가면 '최부자집' 고택을 볼 수 있다. 최부자는 조선시대 영남지방에서 12대 300여년에 걸쳐 만석꾼이었던 갑부 집안이다. 99칸에 달하는 한옥을 지을 정도로 재력을 지녔다. 그러면서도 '사방 백 리 안에 굶어죽는 사람이 없도록 하라'는 가훈이 전해져 내려오면서 흉년에는 곳간을 열어 사람들에게 쌀을 나눠주었다고 하는 훈훈한 얘기도 들린다.

당시에 부잣집들은 곳간을 여러 개 만들어 곡식, 가구 등 품목별로 따로 보관했다는데, 최부자집은 보관할 물건이 쌀뿐이어서인지 큰 곳간을 한 개만 지었다. 지금 우리나라에 남아있는 옛날 곳간 가운데서는 가장 큰 규모라고 한다.

책쓰기를 위한 자료를 모은 후에는 잘 보관·정리해 두어야 하는데, 필요할 때 적절히 활용하기 위해서는 최부자집처럼 큰 곳간이 한 개만 있으면 된다. 여기 저기 흩어져 있으면 찾기 힘들다. 굴러다니다가 잃어버리기 십상이다. '뭉치면 살고 흩어지면 죽는다'는 말은 자료 관리에 딱 어울리는 말일 것 같다. 자료는 한 곳에 모아두어야 한다.

■ 원노트와 에버노트를 곳간으로 활용하자

컴퓨터가 널리 사용되기 전에는 자료를 아날로그 형태로 관리했다. 그러다보니 자료를 보관할 수 있는 공간이 확보되어야 했고, 방만한 자료를 체계적으로 관리하는 것도 쉽지 않았다. 지금은 웬만한 자료는 다 컴퓨터에 넣어서 관리하면 되니까 공간적 제약을 받지 않고, 검색 기능을 이용하면 원하는 자료를 손쉽게 찾을 수도 있다.

우리가 수집하는 자료는 인터넷에서 다운받거나 이메일을 통해 전달받은 디지털 자료도 있을 것이고, 책이나 신문 등을 읽어가면서 필요한 부분을 적어 놓은 아날로그 자료도 많을 것이다. 디지털 자료는 바로 컴퓨터로 옮겨서 보관하면 될 테지만, 아날로그 자료라면 타이핑이나 스캔을 해서 입력하고, 필요한 경우 아날로그 형태로 보관하게 될 것이다.

디지털 자료를 보관하는데 가장 좋은 방법은 원노트와 에버노트를 이용하는 것이다. 이들을 '두 번째 두뇌'라고까지 격찬하는 사람들도 있다.

원노트와 에버노트는 문서뿐 아니라 사진, 소리, 동영상 자료 등도 넣을 수 있는 프로그램이다. 프로그램을 설치한 후 이곳에 자료를 존안하면 된다. 자료를 넣거나 생성하는 순간 바로 자동으로 저장이 되기 때문에 따로 저장할 필요가 없어 편리하다.

마이크로소프트와 에버노트 회사가 각각 개발해서 운영하고 있다. 원노트는 전에는 프로그램을 구입해야 했는데 지금은 컴퓨터를 사면 기본 프로그램으로 깔린다. 전에 컴퓨터를 구입한 사람은 무료로 다운받을 수 있다. (두 프로그램 모두 일정 용량 이상의 데이터를 사용하려면 추가로 비용을 지불해야 한다.)

원노트와 에버노트에서 자료를 생성할 수 있는 최소 단위는 페이지(원노트)와 노트(에버노트)이다. 컴퓨터의 파일과 같다고 생각하면 된다. 페이지/노트를 여러 개 묶은 것은 섹션/노트북, 섹션/노트북을 여러 개 합친 것은 전자필기장/스텍이라고 부른다. 공책을 전자필기장/스텍이라고 한다면, 섹션/노트북은 공책을 여러 부분으로 나눈 것이고, 페이지/노트는 그것을 더 세분화한 낱장의 페이지라고 생각하면 될 것이다.

구분	원노트	에버노트
공책	전자필기장	스텍
공책을 여러 부분으로 나눈 것	섹션	노트북
자료를 생성할 수 있는 최소단위	페이지	노트

스마트폰과 연동이 되기 때문에 컴퓨터와 스마트폰 어느 한 쪽에서 자료를 넣거나 생성하면 다른 쪽에서도 똑같은 내용을 볼 수 있다.

원노트와 에버노트 중 하나를 선택해서 자료를 보관할 수 있는 '곳간'으로 활용하면 된다. 기능이 비슷해서 어느 것을 사용해도 좋다. 직접 사용해 보고 결정하면 된다. 다만, 원노트에서는 암호 설정이 자유로우니까 일기 같이 '사적인' 자료를 컴퓨터에 보관하고 싶은 경우라면 원노트를 이용하는 것이 편리하다. (에버노트에서는 블록으로 지정된 문서의 특정 부분에 대해서만 암호 설정이 가능하다.)

컴퓨터에 문제가 생길 경우 보관해 놓은 자료가 손상될 수 있으니까 항상 자료를 백업(복사)해 두는 것을 잊지 말자. 별도의 외장하드를 마련해서 이곳에 보관해 두면 되지만, 자료를 보관해 주는 클라우드 서비스를 이용하는 것도 좋다.

■ 곳간 관리를 위해서는 스캔 작업도 필요하다

아날로그 자료를 컴퓨터에 입력하기 위해서는 스캔 과정이 필요하다. 전에는 스캔을 하는데 시간이 오래 걸렸지만, 장비가 계속해서 업그레이드되면서 짧은 시간에 다량의 자료를 간단히 스캔하는 것이 가능해졌다.

여러 다양한 스캔장비들이 있지만, 일본 후지쯔사의 Scansnap 제품도 사용하기 편리하다. 특히 이중 s1300i는 비교적 저렴(40만원 안팎)하면서도 활용도가 높

〈 후지쯔사의 Scansnap s1300i 〉

다. (저자는 이 스캐너를 사용한다.) 양면 스캔이 가능하고 속도도 빠르다. 스캔을 하고 나서 에버노트에 바로 저장할 수도 있다. (원노트에 넣으려면 일단 사진 폴더에 넣은 다음 옮기면 된다.)

■ 디지털화하지 않은 자료는 따로 모아놓자

자료를 쌓아두지 않고 그 때 그 때 디지털화해서 원노트나 에버노트에 저장하는 것이 가장 좋은 방법이지만 시간적 여유가 없어서 옮기지 못하는 경우가 있을 것이다. 원노트·에버노트에 옮겨 놓은 다음이라도 '안전장치'를 위해, 혹은 쭉 넘겨가면서 아이디어를 얻으려는 생각으로 파기하지 않고 보관해둘 수도 있다.

자료가 많지 않은 경우라면 그냥 놔둬도 되겠지만, 자료가 축적되면 필요할 때 찾지 못하는 어려움이 발생한다. 카테고리를 몇 개 만들어서 나누어 보관하는 정도로 조금만 신경을 쓴다면 언제든 활용 가능한 상태를 유지할 수 있다.

자료를 카테고리로 나눠 보관할 때는 L-홀더를 사용하는 것도 좋은 방법이다. 색깔별로 카테고리를 나누면 한눈에 자료가 구분되니까 편리하고, 가격도 착하다.

〈 L-홀더 〉

05.
쌓아만 두는 바보가 되지 마라

한 산악인이 남극점, 에베레스트, 북극점, 그린란드, 베링해협을 탐험할 때 밤마다 텐트 안에서 쓴 일기를 책으로 엮어냈다. 『아무도 밟지 않은 땅, 5극지』(홍성택)이다. 그는 "18년 동안 겪은 시련의 추억들을 세상과 공유해야겠다고 생각했다"고 말한다.

37년간 하루도 빠지지 않고 일기를 써온 70대 시골 농부가 400페이지 노트 24권 분량의 일기를 국가기록원에 기증하겠다는 의사를 밝혔다. 일기장에는 날씨·농사·부조금 등이 자세히 적혀 있어 농부의 입장에서 본 한국 현대사의 변화된 모습과 서민들의 생활상을 엿볼 수 있는 기초자료로서 가치가 있다는 평가다.

두 사람의 일기는 개인적인 기록에 그칠 수도 있었지만, 책으로 묶여져 나오고 정부기관에 제공됨으로써 사회적 차원의 의미를 지니게 되었다. 우리가 '곳간'에 보관하고 있는 자료도 마찬가지이다. 적극적으로 활용한다면 무한한 가치를 지닐 수 있게 될 테지만, 쌓아만 둔다면 개인 물건 이상의 아무런 의미도 지니지 못한다.

■ 곳간 속 자료를 꺼내 쓰는 방법

책을 쓰기로 작정하고 주제를 선정했다면 우선적으로 해야 할 일은 곳간 안을 살펴보는 것이다. 그간 자료를 쌓아놓기는 했지만 어떤 자료들이 있는지 속속들이 들여다본 적이 없다. 이제는 그 자료들을 일일이 확인해 보고, '효자' 노릇을 할 수 있도록 곳간 문을 열어주면 된다.

우리는 원노트나 에버노트에 자료를 카테고리별로 분류해서 넣어두었다. 이중에서 먼저 책쓰기 주제와 관련 있는 카테고리에 들어가서 자료를 끄집어내자. 이 책처럼 '50·60대는 왜 못 해?'라는 주제로 책을 쓴다고 가정해 보자. 그러면 원노트나 에버노트에 만들어 놓은 카테고리 중에서 인생이모작, 도전, 열정, 사람들과 같은 항목들이 우리가 쓰려는 책과 직접 관련 있을 것이다.

자료를 읽으면서 필요한 부분을 적어도 되고, 전체 내용이 필요할 것 같으면 통째로 출력해도 된다. 2쪽 인쇄를 설정하면 한 장에 두 쪽이 인쇄되니까 용지와 잉크를 절감하는데 도움이 된다.

'추출'한 자료는 목차의 각 꼭지별로 따로 모아두자. 이렇게 하려면 책의 목차를 구상하고 난 뒤에 미리 꼭지별로 파일을 만들어 두는 것이 필요하다. 분류되지 않은 자료나 아날로그 자료를 보관할 때 했던 방식대로 L-홀더를 이용하면 편리하다. 이 경우 견출지 같은 것을 L-홀더의 오른쪽 위에 붙여서 꼭지 제목을 적어놓으면 좋다. 꼭지별로 모은 자료가 많아서 L-홀더 한 개로 부족하다면 1개를 추가해도 되고, 좀 더 많은 자료를 넣을 수 있는 다른 종류의 파일을 사용해도 된다.

책 주제와 직접 관련된 카테고리들을 확인하는 작업을 통해 충분한 자료가 확보되었다면 바로 책쓰기를 시작하면 된다. 끄집어낸 자료가 부족하다든지, 좀 더 많은 자료가 필요하다면 주제와 직접 연관되지는 않더라도 관련성이 있을 만한 카테고리들을 찾아서 열어보도록 하자.

곳간에 자료가 많이 축적되지 않은 상태이거나, 책쓰기를 위한 시간적 여유가 있는 경우라면 주제와 직간접적으로 관련된 카테고리들만 살펴볼 것이 아니라 모든 자료를 일일이 확인해 보는 것도 좋다.

이렇게 해서 자료를 추려내는 작업을 끝냈으면, 꼭지별로 책쓰기를 시작하자. 그런데, 책을 쓰는 과정에서는 애초에 염두에 두지 않았던 부분에 생각이 미치기도 하고 전혀 새로운 부분이 추가되기도 한다. 이런 경우에는 앞에서 설명한 방식대로 다시 한 번 자료를 찾아보는 수고가 필요하다. 책을 알차게 만들기 위해 더 많은 자료가 필요할 경우도 마찬가지일 것이다.

분류되지 않은 자료에도 책쓰기에 참고할 만한 것들이 있을 수 있으니까 잊지 말고 확인하자. 관련 있는 카테고리를 찾아보거나, 자료가 많지 않을 경우에는 전체를 쭉 훑어보자.

■ 책주제를 찾을 때도 축적된 자료를 활용하자

책쓰기를 하다보면 관련된 자료를 많이 읽게 되고 이러한 과정에서 다음 책의 주제에 대한 아이디어가 자연스럽게 떠오르기 마련이다. 하지만, 독자의 '구미'를 당길만한 주제가 아니라면 고민이 될 수밖에 없다.

이러한 경우에는 곳간에 들어있는 자료들이 도움이 될 수 있다. 카테고리를 쭉 살펴보고, 안에 들어있는 자료들을 가벼운 마음으로 읽어보노라면 '기발한' 생각이 나기도 한다. 서재나 도서관 서가에 꽂혀 있는 책 제목을 들여다보고 있으면 쓰고 싶은 주제가 떠오른다는 작가도 있는데, 이와 유사한 효과가 아닐까 싶다.

그래서, 곳간에 자료를 잔뜩 쌓아놓기만 할 것이 아니라, 꼭 책을 쓰기 위해 자료가 필요한 경우가 아니더라도 틈틈이 곳간을 열어보기를 권한다. 참신한 아이디어를 얻을 수 있을 것이고, 어떤 자료들을 갖고 있는지도 알 수 있게 되어 책쓰기를 할 때 적재적소에 자료를 배치하는 것도 가능해질 테니까.

■ 책쓰기가 답이다

자료를 수집하고 분류·정리하는 것은 습관이 되면 그 자체만으로도 즐거움이다. 하지만, 단순히 자기만족에 그친다면 무의미하다.

어떤 형태로든 밖으로 분출되고, 공유되어야 한다. 그 핵심은 책쓰기이다.

『남자의 물건』, 『노는 만큼 성공한다』, 『에디톨로지』 등의 책을 쓴 김정운 교수는 '창조는 편집'이라고 말한다. 책쓰기도 창조다. 그렇지만, 김정운 교수가 말한 것처럼 편집이기도 하다. 우리는 수많은 자료를 곳간에 저장해 두고 있다. 그것을 뼈대를 잡아서 잘 편집하고 우리의 생각을 집어넣으면 책이 된다. 책쓰기가 결코 어렵지만은 않다.

인생은 나그네길 어디서 왔다가
어디로 가는가
구름이 흘러가듯 떠돌다 가는 길에
정일랑 두지 말자 미련일랑 두지 말자
인생은 나그네길 구름이 흘러가듯
정처 없이 흘러서 간다

인생은 벌거숭이 빈손으로 왔다가
빈손으로 가는가
강물이 흘러가듯 여울져 가는 길에
정일랑 두지 말자 미련일랑 두지 말자
인생은 벌거숭이 강물이 흘러가듯
소리 없이 흘러서 간다

1960년대 중반에 최희준씨가 불러 히트한 '하숙생'이다. 노래에서처럼 사람은 빈손으로 이 세상에 왔고 갈 때에도 빈손으로 가게 되어 있다. 아무 것도 가져갈 수 없다. 하지만 남기고 갈 수는 있다. 하숙생처럼 잠깐 머물다 가는 인생이지만, 영원히 기억되는 책을 남길 수 있다면 그야말로 멋진 인생이 되지 않겠는가.

PART ②
저자의
첫 책쓰기
도전기

PART 2는 저자가 처음으로 책쓰기에 도전한 모든 과정을 일지 형식으로 정리한 것이다. 책쓰기 코칭 수업을 시작한 날부터 초고를 완성할 때까지의 80일간, 그리고 이후 출판사와 계약을 하고 원고를 최종 수정할 때까지 45일간의 전 기간 동안 저자에게 있었던 일들을 매일 같이 기록했다.

저자의 개인적인 경험담이기는 하지만, 독자들이 일지를 읽어나가다 보면 책쓰기 전반에 대한 이해를 높이는데 도움이 될 것이다. 특히, 다음과 같은 궁금한 사항들에 대한 해답도 제시해 줄 수 있을 것으로 기대한다.

책을 쓰기 위해서는 얼마만큼의 시간을 할애해야 할까?
업무와 책쓰기를 병행하는 것은 가능할까?
책쓰기를 하는 과정에서 가족과는 어떻게 소통해야 할까?
책쓰기를 하게 되면 일상생활에서 포기해야 하는 부분은 없을까?
책을 쓰기 위한 좋은 장소는 어디일까?

출판사에는 언제, 어떤 방식으로 원고투고를 해야 할까?

원고를 제출한 이후 출간절차는 어떻게 될까?

책을 써나가는 과정에서 어떠한 감정의 기복을 겪게 될까?

독자들이 저자의 경험담을 통해 '책을 쓰고 출간하는 일이 생각한 것처럼 그리 어렵지 않다'는 것을 확인하게 된다면 더할 수 없는 기쁨일 것이다. 혹시 저자로부터 더 자세한 설명을 듣고 싶은 분이 계시면 이메일(seliwibo@naver.com)로 연락 주시기 바란다.

01.
꿈을 향한 첫걸음

책을 처음 쓰기 시작해서
출간기획서를 작성하기 직전까지
- 28일간의 기록

■ '나의 5. 16 혁명'이 시작되다 [5월 16일/토요일]

나의 삶에 중요한 전기가 마련되었다. 책쓰기 코칭 프로그램에 등록해서 첫 수업을 가진 것이다. 오늘이 5월 16일이고, 내게 혁명적인 변화를 가져올 날로 기억될 것이라는 생각에서 '나의 5. 16 혁명'이라고 부르기로 했다.

책을 쓰고 싶다는 생각은 오래 전부터 갖고 있었고, 책쓰기가 인생 후반부를 위한 멋진 도약이 될 것이라는 확신도 있었다. 하지만 첫 발을 떼는 것은 좀처럼 쉽지 않았는데, 마침내 오늘 그 첫 발을 내딛었다.

첫 수업부터 바로 책쓰기 주제 선정으로 들어가는 바람에 머리를 쥐어짜야 했다. 매일 A4 용지 2매씩 - 글자 크기는 10폰트 - 을 쓰라는 '숙제'를 받았다.

집에 돌아왔더니 미찌(저자의 아내)와 미까(올해 고3 수험생인 딸)가 수업 내용에 대해 꼬치꼬치 물으며 관심을 보인다.

앞으로 나의 책쓰기 과정을 기록해 두려고 한다. 단순히 수업 내용뿐만 아니라 만나는 사람들과의 대화, 내 느낌 등도 모두 적는 방향으로 할 생각이다. 나중에 도움이 될 수도 있을 테니까.

■ 책쓰기 주제를 정하다 [5월 17일/일요일]

하루 종일 고민한 끝에 책의 주제를 '중년남자의 책쓰기 도전'으로 결정했다. 1일 A4 2매를 작성하는 숙제는 못했다. 목차가 어느 정도 정해져야 시작을 할 수 있을 텐데 그렇지 못해서.

저녁에 대치동에 있는 논술학원에 미까를 데려다 주면서 책쓰기에 관해 떠오르는 생각을 메모지에 적었다. 부담 없는 공간이어서 자연스럽게 생각이 떠올랐다. 책상 앞에 앉아 고민만 할 게 아니라, 이렇게 생각이 잘 나는 공간을 찾아보는 것도 좋을 듯하다.

■ 책의 방향을 잡았지만, 첫 글쓰기는 실패로 끝나다 [5월 18일/월요일]

새로운 한 주가 시작되었다. 코칭 수업을 시작한 이후 처음 맞는 근무일이다. 평일에 업무와 책쓰기를 어떻게 병행할 수 있을지를 가늠하는 날이 될 것이라는 생각을 하며 출근했다.

점심시간을 이용해서 책의 목차를 짜봤다. 혼돈 속을 헤매다가 마침내 방향을 잡은 느낌이다.

집에서는 아무래도 책쓰기에 집중할 수 없을 것 같아서 퇴근 후 집 근처 스타벅스로 갔다. 1시간 반 가량 작업을 했는데, 채 1쪽도 쓰지 못했다. 이런 속도라면 2쪽을 쓰는데 3시간도 부족할 것 같다.

'중년에도 꿈을 꾸어야 한다'는 테마로 작업했다. '숙제'를 다 하지 못했고, 너무 평범한 내용이 되어 버린 것 같아 쉽지 않은 작업임을 실감했다. 하지만, 첫술부터 배부를 수는 없겠지.

스타벅스에서 집으로 돌아온 뒤에는 첫 책쓰기에 참고할 만한 것이 없을까 해서 책상 위 박스에 넣어둔 메모지들을 넘겨가며 읽어보았다.

미까는 독서실에서 돌아와 메모지를 넘기는 아빠 옆에서 인터넷을 검색했다. 주제를 정했냐고 묻기도 하면서 아빠의 책쓰기에 관심을 보인다. 책쓰기에 성공하는 모습을 딸에게 보여주고 싶다.

■ 축적해 놓은 자료를 정리하다 [5월 19일/화요일]

《집필 작업은 집에서 하고, 이를 위해 점심시간을 최대한 활용해서 자료를 찾고 구상도 하는》것으로 평일 시간이용 계획을 세웠다. 점심시간에 목차를 개략적으로 다시 짜보고, 1장에 들어갈 꼭지에 대해 고민했다.

지방에 직장동료 문상을 갔다가 밤늦게 귀가했다. 어제 훑어본 메모지 중에서 1장에 참고할 만한 것을 챙겨놓았다. 그동안 메모해 놓은 것들이 책을 쓸 때 많은 도움이 될 것 같다. 모두 다 공개된 자료이고, 인터넷 어느 한 귀퉁이에도 자리 잡고 있겠지만, 모아놓지 않는다면 찾기가 쉽지 않을 것이다. 메모에 신경을 써야 하는 이유!

■ 틀 짜기의 중요성을 인식하다 [5월 20일/수요일]

밤 10시부터 3시간 동안 1장의 첫 번째 꼭지(50대는 슬프지 않다)에 매달렸다. 그저께 쓴 것은 '완전 실패'라고 생각하고 새롭게 썼다. 관련 자료를 찾아 놓은 것이 있어서 수월하지 않을까 기대했는데, 막상 해보니 쉽지 않다. 가장 어려운 점은 처음부터 끝까지를 서로 유기적으로 연결시키는 것이다. 앞뒤가 이어지지 않아 수없이 썼다가 지웠다. 그래서 내린 결론은 꼭지 하나를 쓰더라도 미리 틀을 짜 놓아야겠다는 것.

■ 에세이 식으로 쓰기로 마음먹다 [5월 21일/목요일]

아침에는 몽롱한 상태에서 지냈다. 간밤에 4시간 30분 정도 수면을 취했는데, 시간관리 책에서는 이정도면 된다고 하지만 나한테는 어려운 일이다.

1-2 꼭지(아직도 늦지 않다)를 작성했다. 오늘 작업은 그런대로 괜찮았다는 느낌. 가볍게 에세이처럼 쓰니까 쉽게 쓸 수 있었던 것 같다. 앞으로도 오늘처럼 먼저 내 생각을 쭉 풀어나가고, 여기에다 필요한 자료로 살을 붙이는 방식으로 하면 좋을 것 같다.

■ 매일 A4 2매 쓰기가 부담되다 [5월 22일/금요일]

퇴근하자마자 책상 앞에 앉아 1-3 꼭지(도전하는 삶이 아름답다)를 작성했다. 숙제에 대한 부담감이 어깨를 누른다. 1장은 어렵다. 2장부터는 책쓰기에 관한 내용이니까 좀 수월해질 걸로 기대.

메모를 할 때 9.5cm × 9.5cm 사이즈의 정사각형 메모지를 사용하고, 메모지 한 장에는 한 건만 적는 것이 좋겠다는 생각을 했다. 자료는 내 그물에 걸린 것만 '내 것'이 되니까 그물이 커야겠다는 생각도 했다. 나중에 '자료' 부분을 집필할 때 넣으면 좋을 것 같다.

■ 가족대화를 갖다 [5월 23일/토요일]

아침 일찍부터 바쁘게 작업해서 오전중에 이번 주 숙제인 14매를 채웠다.

아침식사를 하면서 책쓰기에 대해 대화를 나눴다. 나는 책쓰기가 오랜 꿈이라고, 인생 2막은 책을 쓰며 살고 싶다고 설명했다. 미찌와 미까는 아빠의 선택을 존중한다는 입장을 보이면서도 가정에도 관심을 가져달라고 얘기한다.

저녁에는 두 번째 코칭수업이 있었다. 각자 최종 주제를 확인한 뒤 목차를 짜는 작업에 바로 착수했다. 다들 미리 준비를 해왔는지 금방 목차를 적는다. 나는 맨 마지막에 끝냈다.

집에 돌아와 미찌와 미까한테 지금까지 쓴 글을 보여주었다.

■ 목차를 재구성해 보다 [5월 24일/일요일]

아침에 일어나자마자 어제 작성한 목차를 출력해 읽어보았다. 부족한 느낌이 많아서 '대대적으로' 손봐야겠다는 생각이 들었다. 하루 종일 아이디어를 얻으려고 이런저런 책과 자료를 찾아보았고, 50대에 초점을 맞춰야 차별화가 될 것 같아 이 방향으로 목차를 재구성해봤다. 이렇게 하니까 처음에 짠 목차보다 훨씬 나아 보인다.

목차에 50대에 처음으로 책을 쓴 사람들의 사례가 한 장(챕터)으로 들어가 있는데, 에버노트와 메모지를 쭉 훑어봤지만 정리해둔 자료는 거의 없다. 좀 더 시간을 갖고 찾아보고, 정 없으면 목차를 조정하기로 했다. 평소에 좀 더 관심을 가졌더라면 좋았을 텐데 아쉽다.

■ 고3 딸에게 관심을 안 갖는다는 질책을 받다 [5월 25일/월요일]

공휴일(석가탄신일)이다.

미찌는 아침식탁에서 딸의 대입준비에 올인을 해야 하는 시기에 아빠가 책을 쓴다고 불평을 했다. 요즘은 예전과 달리 성적순으로 대학에 가는 것이 아니고 입시전형이 복잡해서 부모도 관심을 갖고 챙겨주어야 한다는 것이 미찌의 주장이다. 그 말도 맞지만 시작을 했으니까 당분간 양해해 달라고 말했다.

종일 목차 짜는 일에 매달렸다. 어느 정도 만족스런 목차가 짜여진 느낌이다. 앞으로도 계속 다듬어 나가기는 해야겠지만.

저녁에는 올림픽공원 근처의 전망 좋은 중국 음식점에 가서 결혼기념일 행사를 약식으로 치렀다. 미찌에게 쓴 '편지'에서 세 가지를 약속했다. ① 술 자제·일찍 귀가하기 ② 책쓰기가 정착단계에 들어서면 미까 대입에 신경 쓰기 ③ 설거지와 청소 – 맞벌이를 하는 미찌를 위해 가사분담을 하고 있다 – 를 소홀히 하지 않기.

■ 비슷한 책이 많은 데 위기감을 갖다 [5월 26일/화요일]

저녁에 동네 모임이 있다는 문자메시지를 받았지만, 참석하기 어렵다고 답장을 보냈다. 불참하는 것이 마음에 걸리지만 시간이 없어서 어쩔 수 없다.

집에 있는 책쓰기 관련 책들을 모아봤더니 10여권이 된다. 전에 읽었던 책들이니까 내 잠재의식 어딘가에는 책의 내용이 남아 있을 거라는 기대를 하며 컴퓨터 앞에 앉았다. 궁리만 하다가 미까를 학교에 가서 데리고 온 후에야 집필을 시작해서 1시까지 2-1 꼭지(책쓰기는 기적을 만든다) 작업을 했다.

독자의 흥미를 끌 수 있도록 제부도 '모세의 기적'을 앞부분에 넣기로 했는데, 책쓰기의 기적과 어떻게 연결시켜야 할까 고민한 끝에 '일상적으로 일어난다'는 점을 연결고리로 삼았다. 영 안 어울리는 자료(사례)가 아닌 이상 깊이 고민하다 보면 의미를 찾게 되는 것 같다.

'책쓰기의 기적'에 관해 쓰다 보니 비슷한 책들이 시중에 많이 출판되어 있어서 '차별화하지 않는다면 내 책쓰기가 의미 없는 작업이 될 수도 있겠다'는 위기감을 느끼게 된다.

■ 밤 시간만으로는 책쓰기에 어려움을 느끼다 [5월 27일/수요일]

점심시간에 인터넷으로 자료를 검색했다. 이런 식으로 책쓰기를 위한 시간을 확보하지 못한다면 퇴근 후 밤 시간만 갖고는 시간이 부족하다.

귀가 후 10시 반부터 12시 반경까지 블랙커피로 졸음을 쫓으면서 집필을 했다. 작업 분량은 A4 용지 2매.

■ 자료 관리의 필요성을 절감하다 [5월 28일/목요일]

점심식사를 서둘러 한 뒤 책에 인용할 박인희씨의 '모닥불' 노래 가사를 인터넷에서 찾아 적고, 쓸 만한 자료가 있는지 검색해 보았다.

자료를 찾는 작업이 쉽지 않다. 인터넷에서 '50대', '책' 등을 검색어로 넣어봤지만 별다른 자료들이 없다. 없는 건 아니고 내가 못 찾는 것이리라. 책쓰기를 직접 해보니까 생각했던 것보다 자료 관리의 중요성이 크다. 평소에 부지런히 자료를 축적해 두어야 할 필요성을 절감한다. 메모를 하고 에버노트에 보관하는 작업에 더 신경을 써야겠다.

찾으려는 자료는 못 찾고, 오히려 주눅 들게 만드는 기사만 눈에 들어온다. 책쓰기에 관한 책도 많고, 은퇴 이후를 다룬 책들도 많다. 레드오션 속으로 들어가고 있는 것이나 아닌지.

밤 10시 반쯤부터 집필을 시작해서 12시 10분쯤 끝냈다(꼭지 제목은 '살아온 경험이 밑천이다'). 2매를 작성했다.

바빠서 미까가 독서실에 가는데 "멀리 안 나갈게"라고 하며 배웅하지 않았다. 그랬더니 미까는 서운했던지 1시 20분쯤 독서실에서 돌아올 때 아빠가 안으려고 하니까 거부 반응을 보였다. 시간이 없더라도 '배웅' 정도는 꼭 하자.

■ 단락들을 연결하는데 신경 써야겠다고 생각하다 [5월 29일/금요일]

점심시간에 동료 직원과 외식을 하려던 계획을 취소했다. 밤에 늦게까지 책쓰기 작업을 해야 할 텐데, 그러려면 낮에 미리 쉬어 두고 자료도 찾아보는 것이 좋을 것 같아서.

밤 9시 40분경부터 책쓰기 작업을 시작했다. 섭지코지 얘기를 쓸 때만 해도 잘 풀려나가는가 싶었는데, 둘째 페이지로 들어서면서부터 꼬이기 시작. 각 단락간 연결을 세밀하게 생각해 두지 않고 덥석 쓰기부터 한 것이 원인인 것 같다.

■ 진주행 버스 안에서 아내와 진지한 대화를 나누다 [5월 30일/토요일]

처조카 아들 돌잔치에 다녀오고, 세 번째 코칭 수업을 받은 것으로 채워진 하루였다. 밤을 꼬박 새워가며 책쓰기를 하고 난 뒤 피곤한 상태에서 7시에 출발하는 버스로 진주에 내려갔다가 오후 2시 40분 버스로 귀경해서 수업에 참석했다.

진주에 내려갈 때 미찌와 책쓰기 코칭 수업에 대해 이야기를 나누고, 인세에 대해서도 설명해 주었다. 미찌는 책을 발간하기 위해서는 저자가 비용을 지불해야 하는 것으로 생각했던 듯 '책을 쓰면 인세를 받고, 베스트셀러가 되면 많은 수입도 가능하다'는 내 설명에 귀를 기울인다.

저녁에 있었던 수업의 주제는 '서문 쓰기'였다. 강의 후 서문 초안을 작성했다.

■ 하루를 공치다 [5월 31일/일요일]

어제 밤 1시 반이나 돼서 자고, 그저께는 밤을 '꼴딱' 샜는데도 아침에 일찍 잠이 깼다. 2장의 글들을 읽어보면서 고쳐야겠다고 생각되는 부분들을 체크했다.

낮에는 출근했고, 밤에는 미까를 논술학원에 데려다주고 데려왔다. 원래 계획은 에버노트와 메모지의 자료를 쭉 넘겨가면서 '첫 번째 책'에 활용할 수 있는 것들을 추려내는 작업을 하는 것이었는데, 피곤해서 못했다. 시간활용에 대한 아쉬움이 많이 남는다. 하루를 그냥 '공친' 느낌이라고나 할까.

■ 자료 분류를 위해 L-홀더를 구입하다 [6월 1일/월요일]

6월의 첫 날. 벌써 2015년의 절반 가까이 지나고 있다. 그래도 지난달에 '시작'을 했기 때문에 전에처럼 '하자'는 각오만 되풀이하지 않게 된 건 의미 있는 일이다.

아침부터 졸려서 믹스커피 두 잔에다 원두커피 한 잔을 연거푸 마셨다. 금요일 밤샘의 후유증이 이어진 것일까.

점심시간을 이용해 문구점에 가서 책 쓰는데 필요한 자료를 분류해 넣을 수 있도록 L-홀더를 구입하고, 라벨에 꼭지 제목을 적어 오른쪽 위에 붙였다.

밤 10시 반부터 두 시간 동안 집필을 했는데, 1쪽 밖에는 못 썼다.

■ 책쓰기가 오히려 퇴보하는 듯한 느낌을 갖다 [6월 2일/화요일]

아침에 현관에 어질러져 있는 신발을 정돈할 때에야 미까가 '아빠 차를 타고 학교에 가겠다'며 일찍 깨워달라고 한 것이 생각났다. 미까는 시간이 없어서 밥도 제대로 못 먹고 학교로 갔다. 메모를 해 놓았더라면 이런 일이 없었을 텐데. 앞으로는 내 기억을 믿지 말고 조그만 일이라도 반드시 메모를 해야겠다고 생각했다.

메모를 적을 때 완성형 문장 형태로 적는 것이 좋겠다는 생각이 든다. 별도로 글쓰기 연습을 하지 않더라도 그 자체로서 도움이 될 테니까. 필요한 사항을 핵심 단어로 적어두는 것이 순수한 기록 차원에서는 의미가 있을 테지만, 두 마리 토끼를 잡을 수 있다면 그렇게 하는 것이 좋지 않을까 싶다.

밤 12시 반까지 책쓰기 작업을 했다. 금주 들어 책쓰기 작업량은 3매에 불과하다. 그마저도 영 마음에 들지 않아 상당 부분 보완해야 할 판이다. 쓰는 양이 늘어날수록 좋은 글이 나와야 할 텐데, 오히려 퇴보하는 느낌이다. 무엇이 문제일까?

■ '나도 책을 쓸 자격이 있다'고 속으로 외치다 [6월 3일/수요일]

오늘 책쓰기 작업은 비교적 수월했다. 꼭지 주제(인세·강연료)가 복잡한 것이 아니어서 그랬던 것 같다.

미까가 수학과외를 끝낸 뒤 건넌방으로 건너와 아빠가 글 쓰는 걸 보더니 "인세는 기본, 강연료는 보너스!"라고 강의하는 흉내를 내고 놀리듯 웃으면서, 책을 낸 적이 없는데 그런 얘기를 써도 되냐고 말한다. 그렇지 않다. 경험이 없는 사람이라고 해서 아무 것도 못하는 것은 아니다. 책을 통한 간접경험도 경험이다. 그동안 책쓰기에 관한 책을 많이 읽었으니까 아빠도 충분히 자격이 있다!

■ 고3인 딸보다 열심히 한다는 얘기를 듣다 [6월 4일/목요일]

오늘 책쓰기 작업은 서문을 보완하는 정도로 그쳤다. 지난 번 수업 때 쓴 것을 덮어 놓은 채 새롭게 작성한 다음에, 전에 쓴 내용 중

일부를 추가하는 방식으로 했다. 그랬더니 그런대로 괜찮은 서문이 된 것 같다.

미찌는 "아빠가 고3보다 열심히 한다"고 말한다. "아빠의 집중력 만큼은 알아줘야 한다"고도 하고. 이것은 나에 대한 칭찬일 수 있겠지만, 모의고사가 끝났다고 밤 시간에 '자유'를 누리는 미까에 대한 간접적인 압력일 수도 있다. 미까도 그런 걸 느꼈는지 나한테 와서 '아빠 때문에 자기가 곤란하다'는 투로 얘기했다.

■ 자료의 중요성을 다시금 느끼다 [6월 5일/금요일]

점심시간을 이용해서 노년의 사회봉사에 관해 검색했다. 자료 없는 글쓰기는 무미건조하다. 글 쓰는데 속도도 붙지 않고.

■ 문장을 짧게 쓰는 연습을 하기로 하다 [6월 6일/토요일]

어제 밤에 책쓰기 작업을 못했기 때문에 새벽 3시 40분에 일어났다.

낮에 스타벅스에 가서 수정작업을 했다. 집에 돌아와 컴퓨터로 수정내용을 고치고 잠시 쉰 다음 수업장소로 향발.

수업 주제는 본문작성 요령. 1시간가량 강의를 들은 후 본문을 작성했다. 문장을 짧게 쓰라는 조언을 들었다. 독자들이 어렵고 긴 문장을 좋아하지 않을 테니까 그렇게 해야 할 것 같다. 쉬운 일은 아닐 것이다.

지난번에 못 끝낸 'L-홀더에 라벨을 붙이는 작업'을 마저 했다. 갖고 있는 자료를 L-홀더에 넣는 작업까지 한 뒤 두 시 조금 지나서 취침.

■ 인터넷에 의존하지 않기로 하다 [6월 7일/일요일]

노인들의 건강과 노년의 외로움에 관해 검색하다 보니 외로움을 주제로 한 시들이 눈에 띈다. '내 사전에 외로움이란 없다' 꼭지(3-6)를 쓸 때 활용하면 좋을 것 같아 챙겨두었다.

외로움 꼭지를 어떻게 써야 하나 고민스러웠는데 인터넷 검색이 도움이 된다. 하지만, 다른 한편으로는 인터넷에 너무 의지하는 것이 아닌가 하는 생각도 하게 된다. '창조는 편집'이라고 하지만, 내가 주도적으로 해야 의미가 있을 것이다.

■ 도입부를 어떻게 써야 할지 고민하다 [6월 8일/월요일]

점심시간에 3-5 꼭지(구구팔팔도 문제없다)를 구상했다. 하지만, 어떻게 시작하면 좋을지 좀처럼 감이 잡히지 않는다. 좀 더 깊이 생각하다 보면 '이거다' 싶은 게 나오려는지.

밤에는 책쓰기 작업을 못했다. 귀가해서 저녁식사를 하고 미까를 영어학원에서 데리고 온 다음 컴퓨터 앞에 앉기는 했다. 하지만 졸음에 졌다. 책쓰기가 '잠과의 싸움'일지 모르겠다.

■ 밤 시간 확보를 위해 저녁식사 후 귀가하기로 하다 [6월 9일/화요일]

목이 아팠었는데 잠을 푹 잤더니 나았다. 어제 밤에 작업을 못 한 것을 이것으로 위안삼아야 할지. 어제의 실패요인은 아무래도 집에서 저녁식사를 한 것이다. 그래서 결론은 '앞으로는 특별한 일이 없는 한 저녁식사를 하고 귀가하자'는 것이다. 미찌한테도 그렇게 얘기를 했다.

밤 10시 20분쯤부터 3-5 꼭지 작성을 시작해서 1시 반에 끝냈다.

■ 한 문장이 몇 글자로 되어 있는지 세어보다 [6월 10일/수요일]

『소형아파트 빌라 투자 앞으로 3년이 기회다』 책자의 프롤로그에 있는 문장들이 몇 개의 글자로 구성되어 있는지 일일이 세어 봤다. 모든 문장을 짧게 쓸 수는 없으니까, 짧은 문장과 긴 문장은 길이가 얼마나 되는지, 얼마만큼 섞어서 사용되었는지 확인해 보고 기준으로 삼으면 좋을 것 같아서.

글자 수대로 분류해 봤더니 30~39개 사이가 가장 많다. 그래서 앞으로 문장을 가급적 30~39개 글자로 써 보기로 했다. 어제 밤에는 20~29개 사이로 맞추려고 하다 보니 힘들었는데, 조금 여유가 생겼다.

■ 출간기획서에 들어갈 내용을 알아보다 [6월 11일/목요일]

인터넷으로 출간기획서에 어떠한 내용이 들어가는지 찾아보았다. 필요한 항목들을 정리하고, 생각나는 것을 적어 두었다. 이번 주 토요일 수업 주제가 '출간기획서 작성'이라서 미리 알아 본 것. 출판사에서는 출간기획서를 보고 계약 여부를 결정하게 될 테니까 중요하다. 신경 써서 준비해야 한다.

■ 부족한 잠을 보충하는 방법을 찾다 [6월 12일/금요일]

점심시간에 15분가량 눈을 붙였더니 피로가 싹 풀린 느낌. 밤에는 4시간 반~5시간 자고, 낮에 15~20분 정도 보충하는 생활패턴도 괜찮을 것 같다.

4-1 꼭지(일단 시작부터 하라)를 작성했다.

02.

설렘, 기다림, 그리고 슬럼프

출간기획서 작성을 시작한 시점부터
'방황'을 끝낼 때까지
- 33일간의 기록

■ 출간기획서 초안을 작성하다 [6월 13일/토요일]

책쓰기와 관련된 일과로 꽉 찬 하루였다. 아침에 일찍 일어나 4-2
꼭지(매일매일 써라)를 작성한 뒤 이번 주에 작성한 네 개 꼭지를 읽어보
면서 내용을 수정했다. 미찌가 시험준비 때문에 오후에 컴퓨터를 쓰
겠다고 해서 오전중에 작업을 끝내기 위해 서둘렀다.

미찌가 요리솜씨를 발휘해서 만들어준 골뱅이 비빔소면으로 점심
식사를 한 다음 스타벅스로 가서 출간기획서 초안을 작성했다.

오늘 수업 주제는 출간기획서. 내가 작성한 초안은 미완성 상태이
기는 하지만 '정돈되어 있고 깔끔하다'는 평가를 받았다.

■ 출판사의 관심을 끄는 방법을 고민하다 [6월 14일/일요일]

새벽에 일어나 커피를 한 잔 마시면서 그동안 쓴 꼭지들과 출간기
획서를 차근차근 읽어 보았다. 어제 1시 반이나 되어 잠자리에 들어
서 잠이 부족하기는 하지만, 가만히 누워 있을 수가 없었다. 당장이
라도 계약이 이루어질 것 같은 기분에 설레었다.

어제 수업시간에 '이번 주에는 출간기획서에 올인하라'는 조언을

들었는데, 출판사의 관심을 끌려면 어떻게 하면 될까? 가장 중요한 것이 '저자 소개'라니까 나를 홍보할 수 있는 방법을 찾아보는 게 좋을 것이다. 내 책의 차별성을 부각시키는 것도 그렇고.

낮에는 출근했고, 밤에는 노트북에 문제가 생겨서 해결하느라 시간을 보냈다.

■ '오후반'을 책 제목에 넣기로 하다 [6월 15일/월요일]

출근하는 차 안에서 '책 제목부터 관심을 끄는 것으로 정하는 게 좋겠다'는 생각을 했다. '오십대'는 반드시 제목에 포함되어야 하고, '책쓰기'라는 말도 들어가야 하는데 그렇게 하려면 책 제목을 길게 잡아야 할 것이라는 생각이 이어졌다. 그러다 보니 그 자체가 단어이면서 약어도 되는 제목이라면 괜찮지 않을까 싶어서, '오'로 시작하고 세 글자로 된 단어들을 궁리해 봤다. 하지만, 오작교·오발탄 같은 단어 몇 개밖에는 떠오르지 않는다.

사무실에 도착하자마자 네이버 국어사전으로 '오'로 시작하는 단어들을 찾아봤는데 특별한 게 없다. 이번에는 책꽂이에서 국어사전을 꺼내 넘겨보았다. 수백 개의 단어가 있다! 찬찬히 들여다보니 '오후반'이 눈에 띈다. 50대라면 오후반에 대한 추억을 갖고 있을 것 같고, 인생후반부라는 말과도 연결이 되니까, 오후반과 책쓰기를 합쳐서 제목을 '오후반 책쓰기'로 하면 어떨까 싶다. '오십대들의 후회 없는 인생 2막을 열어주는 반전(반격) 프로젝트 - 책쓰기'라는 의미로. 이렇게 책 제목을 구체화시키고 나니 한결 마음이 가벼워졌다. 어제는 아무 것도 진척된 것이 없어 착 가라앉은 기분이었는데.

점심시간에는 출간기획서에 넣을 내용(제목, 저자소개, 기획의도 등)에 대해 고민했다. 퇴근 후 밤 세 시까지 출간기획서 작업을 했다.

■ 책쓰기에 관한 책이 많아 의기소침해지다 [6월 16일/화요일]

퇴근 후 출간기획서 수정·보완 작업을 하다가 11시쯤 잠을 자고, 밤 두 시 반쯤 일어나 네 시 반까지 작업을 했다. 내용보다는 글자 색상 같은 부분에 더 많은 시간이 소요되었다.

출간기획서에 들어갈 비교도서 분석 작업을 위해 책쓰기에 관한 책을 검색해 보니 의외로 관련된 책이 많다. 그래서 또 의기소침해진다. 하지만, 50대에 특화된 책이니까 경쟁력이 있을 것이라고 스스로를 위로했다.

■ 책이 출간될 수 있을지 걱정하다 [6월 17일/수요일]

출간기획서를 보완했다. '오후반 책쓰기' 제목에 대한 배경설명을 자세히 적었다. 처음 책 제목을 접하는 사람들이 어떤 느낌을 받을지 궁금하다.

출간기획서를 작성하노라니까 본문을 작성할 때와 달리 '과연 이 책이 출간될 수 있을까?', '만약 아무 데서도 연락이 안 오면 어떻게 해야 하나?' 하는 걱정이 된다. 무명작가가 책쓰기를 주제로 첫 작품을 쓰는 것이 출판사 입장에서는 '주제넘게' 보일 수도 있을 것이다. 게다가 책쓰기에 관한 책은 벌써 수없이 많이 나와 있지 않은가!

■ 책 제목에 자신감을 갖다 [6월 18일/목요일]

어제 작성한 출간기획서와 그동안 써놓은 원고를 미찌한테 보여주면서 자세히 읽어봐 달라고 부탁했다. 미찌가 지난 번 책 제목 -『책쓰기, 50대도 할 수 있다』 - 은 밋밋했다면서 이번 것이 훨씬 낫다고 말해 줘서 기운이 났다.

저녁에는 빠지기 어려운 모임이 있어 늦게 귀가하는 바람에 책쓰기 작업을 못했다.

■ 출간기획서 초안을 마무리하다 [6월 19일/금요일]

출간기획서 초안 작성을 끝냈다. 샘플원고는 지금까지 작성한 18개 꼭지 가운데 장(챕터)별로 1~2개씩 7개를 포함시켰다.

■ 꼭지별 양을 늘리라는 조언을 듣다 [6월 20일/토요일]

아침부터 오후 4시까지 글쓰기에 매진해서 5매를 작성했다. 오후 2시쯤 4-3 꼭지(죽이 되든 밥이 되든 끝까지 가라) 작성을 끝냈는데, 이쯤에서 마칠까 하다가 마음을 다잡고 앉아 계속 작업을 해서 4-4 꼭지(쓰기 편한 곳을 찾아라)도 완성했다. .

저녁 수업 내용은 '문장 강화 중급'이었는데, 핵심은 간결하게 작성하는 것이다. 항상 기억해 두고 있어야 한다!

내가 쓴 글에 대해서는 '각 꼭지별로 양이 부족한 것 말고는 완벽하다'는 평가를 받았다. 재미있다는 얘기도 들었다. 도입부를 흥미 있게 하려고 신경을 썼는데, 효과가 있는 것 같다.

■ 내 책이 몇 명에게라도 도움이 되면 된다고 생각하다 [6월 21일/일요일]

낮에 사무실에 나갔다 와서 밤늦게까지 4-5 꼭지(힘들면 함께 가라)를 작성했다.

4-5 꼭지를 작성하면서 잠깐 자괴감에 빠졌다. 책쓰기를 '만병통

치약'인양 과대 포장하고 있는 것이 아닌가 하는 생각도 들고. 하지만, 이 책이 모든 사람들을 대상으로 하는 것은 아니니까, 단 몇 명에게라도 도움이 된다면 괜찮은 '성과'일 것이라고 생각을 바꿨다.

■ 낮 시간을 확보할 필요성을 또 한 번 느끼다 [6월 22일/월요일]

퇴근 후에 컴퓨터 앞에 앉기는 했지만 한 줄도 못 썼다. 5-1 꼭지(독자가 읽고 싶은 것을 써라)를 어떻게 시작할지 고민만 했다. 일단 시작을 하면 어떻게든 진도가 나갔을 텐데. 점심시간에 외식을 하느라 틈을 내지 못한 것이 원인일 것이다. 어떻게든 점심 때 시간을 내서 활용해야 한다!

■ 본문 진도가 나가지 않아 고민하다 [6월 23일/화요일]

5-1 꼭지의 도입부를 어떻게 써야 하나 고민하다 점심휴식 시간이 끝날 무렵에 '국내에서 발간되는 책이 얼마나 되는지'로 하면 좋겠다는 생각이 떠올라 쾌재를 불렀다.

밤 12시 반까지 작업을 했는데, 채 두 쪽도 못 썼다.

이번 주 중에는 책쓰기를 할 시간이 별로 없다. 내일과 모레는 저녁에 약속이 있고, 토요일에는 산행 모임이 있다. 지금 시점이 본문을 쓰는 것보다 출간기획서의 완성도를 높여야 할 때인지 모르겠지만, 본문 쓰기에도 신경이 쓰인다. 봐서 목요일 저녁 모임은 빠지든지 연기하든지 하는 게 좋을 것 같다.

■ 출간기획서에 넣을 샘플원고 보완에 신경을 쓰다 [6월 24일/수요일]

출간기획서에 샘플원고로 포함시킬 1-1 꼭지(50대는 슬프지 않다)에 연령별 인구 구성을 표로 만들어서 넣고, 특히 베이비부머 부분을 자세하게 적으면 어떨까 하는 생각으로 연령별 인구수를 검색했다.

업무 관계로 저녁 약속이 있어서 12시 넘어 귀가하는 바람에 책쓰기 작업은 못했다.

■ 본문쓰기가 의미 없는 시점이라는 생각이 들다 [6월 25일/목요일]

출간기획서 수정 작업을 했다. 사무실 컴퓨터에서 출간기획서를 열어보았더니 내용이 흐트러져서, 어떤 컴퓨터에서도 내용이 똑바로 보이도록 글자 수를 조금 줄였다. 그리고, 일일이 계산기를 두드려 가며 인구표를 만들어서 1-1 꼭지에 추가했다.

본문작성 작업은 못했다. 출간기획서에 신경을 써야 하는 시점에서 본문 쓰기는 큰 의미가 없다는 생각을 했다.

■ 출간기획서의 내용이 계속 헝클어져 보이다 [6월 26일/금요일]

사무실에서 출간기획서를 열어봤더니 여전히 문제가 발견된다. 특히 샘플원고 목차의 상태는 심각하다. 헝클어진 상태라면 아무리 내용이 좋아도 좋은 인상을 줄 수가 없을 것이다.

저녁에 출간기획서를 손봐서(특히, 헝클어지는 문제점을 보완) SD 카드에 옮겨 놓았다. 내일 수업시간에 출판사에 이메일을 보내기로 되어 있는데 반응이 있을지, 있다면 어떤 반응일지 '기대 반, 걱정 반'이다.

■ 출간기획서를 보내다 [6월 27일/토요일]

새벽 일찍 일어나 이번 주에 써놓은 부분을 고쳤다. 5매밖에 되지 않아 아쉬웠다.

산행을 다녀와서 수업 시간에 제출할 원고를 수정·출력했고, 저녁에는 책쓰기 코칭 수업을 받았다. '문장 강화 고급' 강의를 듣고, 여러 출판사에 이메일로 출간기획서를 보냈다.

■ 출간기획서를 추가로 발송하다 [6월 28일/일요일]

사무실에 일이 많아 아침 일찍 출근해서 종일 일했다. 퇴근 후 2차로 출간기획서를 보냈다.

■ 두 군데 출판사에서 전화연락을 받다 [6월 29일/월요일]

집을 나서기 전에 스마트폰을 챙기면서 문자메시지를 확인한 순간 기분이 확 UP 되었다. 'H 출판사'에서 '원고를 적극 검토하겠다'는 문자메시지가 와 있었던 것이다! 출근해서 조금 있으니까 이번에는 대표가 직접 전화를 걸어왔다. 원고가 마음에 든다면서 계약서 초안을 보내겠다고 한다.

'M 출판사'에서도 전화가 왔다. 같이 얘기를 해보자고 하면서 사무실로 한 번 오라고 한다. 7월 12일로 미팅 날짜를 잡았다.

밤에 '서샘', '한샘' 등 수업을 같이 받는 동기들과 카톡을 하면서 출간기획서 발송 이후의 반응에 대해 얘기를 나눴다.

■ 추가반응이 없어 기분이 가라앉다 [6월 30일/화요일]

아침에 세면할 때 첫 책쓰기 경험을 부록으로 넣으면 어떨까 하는 생각이 언뜻 들었다. 책쓰기 첫 수업 이후 매일 써온 일지를 기초로 기억을 되짚어가면서 그 때 그 때마다의 느낌과 실제 작업 등을 적는다면 처음으로 책을 쓰는 50대들에게 실질적인 도움이 되지 않을까 싶다.

하루 종일 기분이 다운되어 있었다. 출간기획서에 대한 추가 반응이 없었기 때문이다. 두 군데 출판사에서 메일을 보내 왔는데, 결론은 '정중한 거절'. 이중 한 군데에서는 내 책에서 보완해야 할 점을 자세히 적어 보냈다.

미찌가 출간기획서를 읽고 싶다고 해서 출력해 주었다. 지난번에 건네준 것은 바빠서 못 읽었다고 한다.

■ 'H 출판사'와 계약을 하지 않기로 하다 [7월 1일/수요일]

'H 출판사' 대표로부터 계약서 초안을 받고 또다시 기분이 UP 되었다. 하지만, 저자가 300부를 구입해야 한다는 조건 등이 들어있다. '정상적인' 계약조건이 아니어서 실망했다. 계약을 하지 않겠다는 답변을 보냈다.

■ 'M 출판사'와의 미팅날짜가 사흘 뒤로 앞당겨지다 [7월 2일/목요일]

'H 출판사' 대표가 친구에 관한 글을 문자로 보내왔다. '정상적인 조건이라면 계약을 할 의향이 있다'는 내용으로 답신을 보내봤으면 어땠을까 하는 생각이 든다. '안 하겠다'고 딱 잘라서 말하기보다는.

'M 출판사'와의 미팅을 다음 주 일요일로 알고 있었는데, 오는 일요일이다. 오히려 잘 됐다 싶다.

■ 첫 책쓰기 도전 과정을 부록에 넣기로 하다 [7월 3일/금요일]

어제 밤에 'K 출판사'에서 보내온 메일에는 내용의 충실성과 차별화된 주제 등 장점이 많다고 쓰여 있다. 단지 의례적인 표현만은 아닐 것이다. 장점을 발전시켜서 책을 쓴다면 충분히 경쟁력이 있을 것이다.

차별성을 부각시키기 위해 첫 책쓰기 도전 과정을 부록으로 넣기로 '결정'했다. 나중에 또 한 권의 책을 쓸 수 있는 주제를 놓치는 결과가 되겠지만(첫 책쓰기 경험을 한 권의 책으로 내는 것도 좋을 것이라고 생각했었다), 일단은 어떻게든 첫 책을 데뷔시키는 게 중요하니까!

일요일 미팅 때 갖고 나갈 생각으로 지금까지 써놓은 글을 출력했다.

■ 마지막 책쓰기 코칭 수업을 받다 [7월 4일/토요일]

5시 반쯤 잠이 깨서 그동안 써놓은 꼭지들을 쭉 읽어보고, 첫 책쓰기 경험을 부록에 넣기 위해 일지를 날짜순으로 정리했다.

아침식사 식사를 하며 미찌·미까와 출판계약에 대해 얘기를 나눴다. 미찌는 내가 내일 'M 출판사'에 갈 때 따라가고 싶어 한다. 옆에서 '지원사격'을 해줄 심산일 것이다. 미까도 옆에서 '같이 가면 어떠냐'고 부추긴다. 낮에 'M 출판사'에 문자를 보내 내일 아내와 같이 가도 괜찮은지 문의했다. 바로 답장이 왔는데 같이 와도 된다고 한다.

동기들과 저녁식사를 한 다음 마지막 코칭 수업에 참석했다. '심샘'은 여섯 군데에서 계약서를 받았다는 얘기를 한다. 그런 얘기를 들으니 내가 쓰고 있는 책에 대해 자신감이 떨어진다. 많은 사람들이 관심을 가질만한 주제는 아니다. 50대를 대상으로 한 책인데, 50대 중에서 정말 도전적으로 살려는 사람이 얼마나 있을까? 그리고, 그 중에서 책쓰기에 관심을 가질 사람은 또 얼마나 될까?

밤 1시 가까이까지 출간기획서를 보완해서 Y 팀장에게 보냈다. 수업 때 Y 팀장은 출간기획서를 'MD 출판사' 등 몇 군데에 추가로 보낼 계획이라면서 기획서를 전송해 달라고 했었다.

■ 'M 출판사'와 미팅을 갖다 [7월 5일/일요일]

오후에 미찌와 'M 출판사' 대표를 만나러 갔다. 동기들은 '일종의 비즈니스인데 부부가 함께 가는 것은 좀 그렇지 않냐'는 반응이었지만, 출판사 대표는 오히려 부부가 같이 온 경우가 처음이라면서 그만큼 열정을 갖고 있다는 의미로 긍정 평가했다.

'M 출판사'는 규모가 크지는 않지만, 책 한 권 한 권에 정성을 들이는 것이 마음에 들었다. 8월 중순까지 원고를 완성한 후에 다시 미팅을 갖기로 했다.

■ 모처럼 편안한 마음이 되다 [7월 6일/월요일]

출장 첫 날이다.

어제 'M 출판사'와 미팅을 한 뒤 마음이 편해졌다. 메일을 보내온 출판사들에 답장을 보냈다. '답변을 해줘서 고맙다. 다음 기회에 인연이 될 수 있기 바란다'는 내용으로.

■ 책쓰기에 대해 잊고 하루를 지내다 [7월 7일/화요일]

출장 업무 때문에 정신없이 바빠서 '나의 5. 16 혁명' 이후 처음으로 책 생각을 잊고 하루를 보냈다.

■ 책으로 인해 복잡했던 머릿속을 정리하다 [7월 8일/수요일]

어제와 마찬가지로 책 생각을 할 겨를이 없었다. 책으로 인해 복잡했던 머릿속을 이참에 정리해 보고 싶은 생각도 내심 있었다.

■ 원고를 완성하는데 집중하기로 하다 [7월 9일/목요일]

3박 4일간의 출장을 마치고 귀국했다. 'M 출판사'와 약속한대로 8월 중순까지 원고를 완성할 수 있도록 이제는 책쓰기에 올인하자고 마음먹었다.

출장지에서 찍은 사진을 인화하려고 동네 사진관에 갔다가 근처에 차를 마시면서 공부도 할 수 있는 '카페형 도서관' – 이후부터는 '카페'라고 줄여서 부르기로 한다 – 이 얼마 전에 오픈한 것이 생각나서 들러봤다. 가격이 스타벅스 같은 커피점에 비해 비싸다. 하지만, 눈치 안 보고 종일 있을 수 있으니까 괜찮은 가격일 수도 있다.

■ 출장 여독이 풀리지 않다 [7월 10일/금요일]

출장 후 또다시 일상으로 돌아왔다.

책쓰기와 전혀 무관한 하루를 보냈다. 여독이 덜 풀려서 계속 졸음이 쏟아졌다. 동기 몇 사람과 문자메시지를 주고받으면서 오늘부터 글쓰기를 다시 시작할 계획이라고 말했다. 하지만, 그렇게 하지 못했다.

■ 'M 출판사'에 관한 얘기로 심란해지다 [7월 11일/토요일]

오후에 코칭 센터에서 주관하는 '힐링 캠프'에 참석하기 위해 강촌으로 갔다. 모르는 사람들과 처음 만나는 것은 어색하지만, 제2의 인생을 책을 쓰면서 보내기 위해서는 새로운 세계로 들어가야 한다. 새로운 사람들과도 알고 지내야 한다. 바비큐로 저녁식사를 하고, 둘러앉아서 대화를 나눴다.

'M 출판사'에 관해 믿고 싶지 않은 얘기가 들렸다. 'M 출판사'와 계약체결 직전까지 간 사람이 있었는데, 저자가 일정량의 책을 구입해야 하는 등 그리 좋지 않은 조건이 계약서에 포함되어 있어 그만두었다는 것이다.

그러한 얘기를 들으니 심란해졌다. 내게도 그런 조건을 제시하면 어떻게 해야 하나? '일단 원고를 완성하는 게 중요하니까 다른 생각은 하지 말자'고 마음을 다잡았다.

■ 싱숭생숭 해서 책쓰기를 못하다 [7월 12일/일요일]

어제는 캠프에 다녀오니까 시간이 너무 늦었고, 오늘은 싱숭생숭해서 글을 쓰지 못했다. 내일부터는 바짝 달라붙어 할 생각이다.

■ 독서의 필요성을 느끼다 [7월 13일/월요일]

서점에 들렀다. 여대생이 인도 등지를 여행한 후 쓴 책 등이 눈에 들어왔다. 구입할까 하다가 당장 읽을 시간이 없어서 그만두었다. 책쓰기를 하면서 오히려 독서가 힘들어졌다. 책쓰기가 어느 정도 궤도에 들어서면 '재충전'을 위해서라도 집중적인 독서가 필요하다.

써야 할 꼭지 제목들을 앞에 놓고 앉아 어떤 내용을 넣으면 좋을지 생각해 봤다. 이렇게 전체를 놓고 보니까 좀 더 큰 시각에서 볼 수 있는 것 같다.

■ 초심으로 돌아가야 한다는 생각을 하다 [7월 14일/화요일]

6월말에 출간기획서를 보낸 이후로 글을 전혀 쓰지 못하고 있다. 책쓰기 수업을 시작한 후 몸무게가 2~3kg 빠질 정도로 집중해서 집필을 했으니까 약간의 휴식이 필요할 수도 있겠지만, 휴식기간이 너무 길다. 이제는 방황을 끝내고 다시 '초심'으로 돌아가야 한다.

■ 더 이상 메일에 신경 쓰지 않기로 하다 [7월 15일/수요일]

그동안 '출간방향이 맞지 않는다'는 메일을 받게 되면 기분이 상했다. 앞으로는 이러한 메일에 대해서도 신경 쓰지 말자고 마음먹었다.

03.
새로운 출발 & 8부 능선

초고작성 목표를 설정한 때부터
초고를 완성한 시점까지
- 19일간의 기록

■ **'8월 3일까지 초고 완성' 목표를 세우다** [7월 16일/목요일]

『80일간의 세계일주』책이 언뜻 떠올랐다. 나의 첫 책쓰기 도전 기간도 80일간으로 하면 어떨까 하는 생각을 했다. 날짜를 계산해 보니 8월 3일이 책쓰기 코칭 첫 수업을 한 날(5월 16일)로부터 딱 80일째 되는 날이다. 이날 초고 작성을 완료하는 것을 염두에 두고 책쓰기 작업을 본격적으로 한다면 충분히 가능할 것이다. 부록 부분은 책쓰기를 하면서 매일 일지를 적고 있어서 이것을 참고하면 속도를 낼 수 있을 테니까 남은 꼭지 11개에 집중하면 된다. 목표가 정해진 만큼 더 이상 '낭비'할 시간은 없다!

■ **책쓰기를 재개할 준비를 하다** [7월 17일/금요일]

귀가 후에 최근에 모아 놓은 자료들을 쭉 넘기면서 해당 L-홀더에 집어넣고, 노트북을 충전하고, 가방을 꺼내 먼지를 닦았다.

낮에는 '카페'에 전화를 해서 2~3인용 세미나룸 가격에 대해 알아 봤다. 이용료가 생각보다 비싼데, 주인은 할인해 줄 의향을 밝히면서 와서 얘기해 보자고 한다.

■ '카페'에서 종일 책쓰기를 하다 [7월 18일/토요일]

하루 종일 '카페'에 있었다.

오전에 세미나룸에 있다가 오후에는 홀로 나왔다. 세미나룸은 독립공간이라서 좋기는 하지만, 가격이 부담스럽다. 나와 보니 바깥도 괜찮다.

5-1 꼭지(독자가 읽고 싶은 것을 써라) 작성을 완료했다. 4쪽 분량. 오랜만에 쓰니까 아무래도 감이 많이 떨어진다. 출간기획서를 보내기 직전에 써놓은 앞부분이 마음에 들지 않아 없는 셈 치고 아예 새로 썼다. 그랬더니 조금 나아진 것 같다. 집에 돌아와서는 '카페'에서 작성한 부분을 PC에 옮기고 출력을 해 두었다.

■ '나중에 고치면 된다'는 생각으로 글을 쓰기로 하다 [7월 19일/일요일]

이런저런 일로 밤 11시가 되어서야 PC 앞에 앉을 수 있었다. 1시간 반 동안 1쪽 반 정도를 썼다. 이런 속도라면 다음 주에 휴가를 가기 전까지 부록만 남겨 놓고 본문을 완성하려는 계획에 차질이 생기지 않을까 우려된다.

오늘 쓴 꼭지는 '잘 쓰려고 하지 마라'(5-2)이다. 쓰다 보니, 내가 그동안 한 번에 끝내려고 욕심을 내지 않았나 하는 생각이 든다. '나중에 고친다'는 생각으로 쓰도록 하자.

■ '끝까지 밀어붙이자'는 각오를 다지다 [7월 20일/월요일]

퇴근해서 밤 1시 가까이 될 때까지 집필 작업을 했다.

미까가 독서실에서 돌아와 왔다 갔다 하는 바람에 주의가 산만해져서 지적을 했더니, 전에 자기가 모의고사를 볼 때 학생 한 명이 산

만하게 해서 집중이 안 되었다고 하니까 아빠가 "집중하면 된다"고
하지 않았냐면서 반박한다.

글쓰기에 관한 책과 글들이 참 많다는 걸 새삼 느낀다. 책 한 권
낸 적도 없는 사람이 책쓰기에 관한 책을 쓰는 것은 '주제넘게' 숟가
락을 얹는 꼴이 아닌가 하는 자괴감이 또다시 고개를 치켜든다. 하지
만, 시작한 거니까 밀어붙여야 한다. 첫 책쓰기에 도전하는 사람의
'책쓰기 책'이라는 것을 오히려 강점으로 부각시키면서. 내가 쓰는 책
은 '이런 길'도 있다는 것을 알려주는데 중점을 두고 있으니까 나름대
로 의미도 있을 것이다.

■ 출판사 한 군데서 전화가 오다 [7월 21일/화요일]

아침에 세면을 할 때 두 번째 책의 주제와 목차에 대해서도 미리
고민해 두는 것이 좋겠다는 생각이 문득 들었다. 저자 프로필에 책을
낸 저자라는 것을 넣게 되면 두 번째 책을 출간해줄 출판사를 찾는
일은 훨씬 쉬워질 것이다.

낮에 'MD 출판사' - Y 팀장이 출간기획서를 보내겠다고 한 출판사 중 하나 - 에
서 전화가 왔다. 계약 여부를 물어보고는 원고가 완성된 후 보내달
라고 한다. 전화를 했다는 것은 관심이 많다는 얘기일 것이다.

퇴근 후에는 어제 쓰다만 꼭지를 마저 끝내고, 5-4 꼭지(스토리로
끌고 가라)를 1쪽 썼다. 그 날 그 날 꼭지 하나씩을 쓰면 좋을 텐데, 한
번 어긋나니까 계속 끌려 다니는 느낌이다.

■ 본격적인 책쓰기를 위해 새로운 노트북을 구입하다 [7월 22일/수요일]

휴가 기간에 본격적인 작업을 하려면 화면이 크고 속도도 빠른 노

트북이 필요하겠다는 생각이 들어서 구입했다. 미찌는 내가 인터넷으로 뭔가를 구입하는 걸 보고 "또 책을 주문하느냐"고 말한다. 노트북을 산다고는 꿈에도 생각하지 못했을 것이다. 집에 노트북이 있는데!

노트북을 주문하고 나서 밤 11시가 되어서야 책쓰기 작업을 시작했다. 두 시간 작업을 한 뒤 1시 조금 지나 취침했다.

■ 업무로 인해 책쓰기를 못하다 [7월 23일/목요일]

미찌한테 문자를 보내 노트북 구입 사실을 '고백'했다. 미찌의 반응은 생각했던 것보다 강도가 세지 않았다.

업무 관계로 저녁약속이 생겨 책쓰기는 진척시키지 못했다. 오늘 못 나간 진도를 내일 보충하려고 한다.

휴가 때 부록 작성으로 바로 들어가려면 속도를 내야 한다. 남은 꼭지는 5-4 꼭지의 일부와 5-5부터 6-5까지의 7개 꼭지이다. 토·일요일에 바짝 달라붙지 않으면 계획대로 이행하기 어려울 것이다.

■ 긴급하지 않은 약속을 '보류'하다 [7월 24일/금요일]

비가 제법 세게 내렸다. 이렇게 많은 비가 오는 건 오랜만의 일이다. 시원한 느낌이 든다. 가뭄 해소에 도움이 되고, 요 며칠 동안 푹푹 찌던 더위도 잠깐 주춤해질 것이다. 집 안은 바깥 날씨와 무관하게 찜통더위이겠지만. 내년 여름에도 덥게 지내야 할 것이 걱정되어서 미찌와 이사 가는 문제에 대해 잠깐 얘기를 나눴다. 책쓰기 작업을 끝낸 후에 위례 신도시에 가 보기로 했다.

다음 주 월요일에 동네 모임이 있다는 연락을 받았지만, 책쓰기를 위한 시간을 확보하기 위해 불참을 통보했다. 책쓰기로 인해 긴급하지 않은 사안은 계속 '보류 처리'되고 있다.

귀가해서 5-4 꼭지(스토리로 끌고 가라)를 쓰려던 계획이었는데, 주문한 노트북이 배달되어 오는 바람에 사용법을 익히느라 손도 대지 못했다.

■ 자료 부족을 또 한 번 느끼다 [7월 25일/토요일]

'카페'에서 10만원을 내고 10일 이용권을 끊었다. 정기권을 구입하면 할인이 된다. 하루 종일 '카페'에서 작업을 했다.

쉽게 글을 쓸 수 있을 것 같았는데, 차질이 발생하고 있다. 오늘 한 것은 5-4 꼭지(스토리로 끌고 가라)를 마무리하고 5-5 꼭지(차별화로 승부하라)를 새로 작성한 것뿐이다. 휴가 첫 날까지는 부록 앞부분을 끝내려고 하는데, 이러다가는 그것도 어려울지 모르겠다.

오늘 글이 쉽게 써지지 않은 것은 꼭지에 넣을만한 자료가 부족했기 때문이다. 인터넷으로 검색해 봐도 신통한 것이 없다. 집에 돌아와서 에버노트에 넣어둔 자료와 미분류된 자료들을 쭉 넘겨가면서 참고할만한 것이 있는지 찾아보았다.

■『연평해전』을 관람하다 [7월 26일/일요일]

저녁에 미찌와 CGV 영화관에서 『연평해전』을 보았다. 5-6 꼭지(자료로 생명을 불어넣어라)의 도입 부분을 '연평해전'을 소재로 작성해 보려고 생각하던 차에 미찌가 영화를 보자고 해서 흔쾌히 동의. 영화를 보게 되면 책쓰기를 할 수 있는 시간이 많이 줄어들겠지만, 생생한 도입부를 위해서는 '투자' 가치가 있을 것이라고 생각했다.

가끔씩 미찌가 눈물을 닦는 모습이 느껴졌다. 실종된 한상국 하사가 가라앉은 참수리 357호에서 조타기에 손을 묶은 채 발견되는 장면은 슬프면서도 감동적이었다.

■ 책쓰기 일정을 짜다 [7월 27일/월요일]

아침에 일어나자마자 책의 남은 부분에 대한 작성계획을 짰다. 부록을 빼고 여섯 꼭지가 남아 있으니까 오늘과 내일 1꼭지씩 쓰고, 수·목요일에는 두 꼭지, 그리고 그 다음에 부록에 집중하면 '80일간의 책쓰기'가 가능하다.

원래 계획대로라면 5-6 꼭지를 작성했어야 했는데, 낮에 업무가 많아서 피곤해 일찍 잠자리에 들었다.

■ 휴가를 신청하다 [7월 28일/화요일]

휴가를 냈다. 내일부터 휴가를 신청한 이유는 단지 한 가지, '80일간의 책쓰기' 목표를 이행하기 위한 것이다. 휴가가 끝났을 때에는 계획대로 초고가 완성될 수 있도록 해야 한다.

6장은 그동안 관심을 가져온 자료 부분이라서 쓰는데 큰 어려움은 없을 것 같다. 각 꼭지의 도입부에 넣을 내용만 신경 쓰면 될 것이다.

부록은 작성하기가 더 수월할 것으로 기대하고 있다. 일단 30쪽 정도의 분량을 3일간 쓰는 것으로 생각하고 있다. 따로 자료를 찾는 과정이 필요 없을 테니까 충분히 가능할 것이다.

■ 하루 종일 작업해서 9쪽을 쓰다 [7월 29일/수요일]

휴가 첫 날. 새벽 5시에 일어나서 에버노트에 보관된 자료와 미분류 자료(메모지)를 넘겨가면서 필요한 자료를 출력하거나 따로 빼 놓았다. 자료를 보관해 놓으니까 참 좋다. 이렇게 자료가 잘 정리·보관되어 있다면 책쓰기 작업이 그만큼 수월해지고, 내용도 풍부해질 것이다.

'카페'에 오전 9시 20분쯤 도착해서 밤 10시 50분까지 있었다. 식사시간 등을 빼고 11시간 30분 동안 작업을 했는데, 총 9쪽을 썼으니까 한 쪽당 1시간 20분 정도 걸린 셈이다.

낮에 책쓰기 코칭 프로그램 동기인 '김샘'한테서 통화가 가능한지 묻는 문자메시지가 와서 전화를 걸었다. 책쓰기에 대해 이런저런 얘기를 나눴다. 그러고 나니까 원고작성에 피치를 올려야겠다는 생각이 더욱 간절해진다. 지금은 아무 생각도 하지 말고 원고에 집중해야 할 때다!

■ 힘들어도 '하고 싶은 일'을 하니까 좋다 [7월 30일/목요일]

휴가 이틀째. 미찌와 미까는 아침에 집을 나서면서 부러움을 표시했다. 쉬기 위해서 낸 휴가가 아니고, 종일 작업하느라 힘들기는 해도 '하고 싶었던 일'을 하니까 좋기는 하다.

오전에는 자료를 읽고, 점심식사 후에 본격적으로 집필 작업에 착수해서 6-3 꼭지(메모를 경영하라)와 6-4 꼭지(곳간은 한 개가 좋다)의 2/3 정도를 작성(총 6쪽)했다.

■ 본문 작업을 끝내고 부록 작성에 착수하다 [7월 31일/금요일]

휴가 3일째.

'카페'가 오픈하는 시각인 9시 정각에 '카페'에 들어섰다. 아직 에 어컨을 가동하지 않고 있었는데, 내가 들어서니까 바로 켜주었다. 오후 3시경에 6-5 꼭지(쌓아만 두는 바보가 되지 마라) 작성을 끝냄으로써 본문 완성! 뿌듯하지만 부족한 느낌도 있다.

본문 작성을 완료한 즉시 그동안 써놓은 일지를 노트북에 타이핑하는 작업을 시작했다. 일지를 정리하다 보니까 내 느낌 같은 것이 생각보다 생생히 기록되어 있다.

■ 부록이 어떤 효과가 있을지 걱정되다 [8월 1일/토요일]

오늘도 9시에 '카페'에 '출근'했다. 조금 느즈막하게 나갈 수도 있겠지만, 내게 익숙해진 자리를 확보하기 위해 가장 먼저 나가고 있다.

종일 타이핑을 했다. 어깨가 아프고 머리도 아프다. 부록 작성은 자료를 찾아야 하는 부담이 없고 하고 싶은 얘기를 맘껏 할 수 있어서 기대가 되었었는데, 꼭 그렇지만도 않다. 이 세상에 쉬운 일은 없는 모양이다.

부록에 일지 형식으로 첫 책쓰기 경험을 넣는 게 어떤 효과가 있을지 한편으로는 걱정도 된다. 처음 책쓰기를 하는 50대들이 궁금해할 만한 사항들이 뭔지를 잘 생각해서 포함시키면 좋을 것이다.

■ 부록 작성에 박차를 가하다 [8월 2일/일요일]

'카페'에서 보낸 5일째 날이다.

어제와 그제 타이핑해 놓은 일지를 쭉 읽어가며 표현을 고치고, 불필요한 부분을 빼고, 추가할 사항을 넣는 작업을 했다. 타이핑하는 것은 힘든 작업이었는데, 이제는 신나는 작업으로 바뀌었다. 시간 가는 줄 모를 정도로. 나의 책쓰기 경험을 되짚어 보는 과정이기 때문에 그런 것 같다. 독자들도 흥미를 느끼면 좋을 텐데 하는 바람을 갖게 된다.

■ 드디어 초고를 완성하다 [8월 3일/월요일]

아침 9시에 1번으로 '카페'에 도착해서 종일 작업했다. 그래서 부록 작업을 끝낼 수 있었다.

본문에 이어 부록까지 작성함으로써 80일 동안 초고를 완성하겠다는 계획은 달성되었다. 하지만 이것이 끝은 아니다. 퇴고라는 새로운 작업이 기다리고 있고, 출판사와 계약도 해야 한다. 정상이 보이기는 하지만, 아직 8부 능선에 와 있는 것이다.

지난주에 휴가를 낸 후로 토·일요일을 포함해서 6일을 책쓰기에 올인했다. 하루하루는 길었던 것 같은데, 지내놓고 보니 금방이다. 모든 것은 시작이 있으면 끝이 있기 마련이고, 삶도 그러할 것이다. 더 늦기 전에 이렇게 책쓰기를 시작할 수 있어서 다행이다.

첫 번째 책을 내는 것은 제2의 인생을 위한 '면접'이라는 생각이 든다. '면접'을 잘 치러서 책을 쓰며 사는 인생2막의 기반을 다질 수 있으면 좋겠다.

04.
'백마 탄 왕자님'과의 만남

원고를 퇴고하기 시작한 때부터
출판계약을 체결한 날까지
- 15일간의 기록

■ 휴가를 연장해서 초고를 보완하다 [8월 4일/화요일]

초고를 마무리하기 위해 휴가를 하루 더 냈다.

그동안 쓴 글들을 출력해서 앞부분부터 찬찬히 읽어가며 수정·보완 작업을 했다. 미진하다 싶은 꼭지들을 많이 보강했다. 부록에 날짜별로 소제목을 넣기로 하고 앞부분부터 제목을 달기 시작했다.

코칭 센터의 K 실장과 통화했다. 초고가 완성되었다고 하니까 K 실장은 따로 날짜를 잡아 코칭 - 코칭 수업은 끝났지만 2년간 필요시 개인 코칭을 받을 수 있다 - 을 받아보라고 한다. 출간기획서를 안 보낸 출판사에 보내보라고도 하고.

■ 부록에 날짜별로 소제목을 달다 [8월 5일/수요일]

1주일간의 휴식 - 실제로는 책쓰기를 위한 강행군이었지만 - 이 끝난 후에 다시 일상으로 돌아왔다.

점심식사를 한 뒤 서점에 들렀더니 『혼자 있는 시간의 힘』이라는 책이 보여서 구입했다. 책쓰기는 함께 하면 쉬워지기는 하겠지만, 결국은 혼자서 해야 할 일이라는 생각이 스쳐갔다.

부록에 날짜별로 소제목을 넣는 작업을 마저 했다. 미까가 부록을 읽어보겠다고 자기 방으로 갖고 들어갔는데 어떤 느낌일지 궁금하다.

■ 부록을 1차 퇴고하다 [8월 6일/목요일]

'김샘'이 A4 용지 한 매가 원고지로 몇 장이나 되는지, 120매면 얼마나 되는지를 문자로 물어와서 인터넷으로 확인해서 알려주었다(A4 120매 = 원고지 약 1,000매). 시를 원고지에 쓰는 데 익숙 - '김샘'은 시집을 낸 시인이다 - 해 있어서 원고지에 글을 쓰고 있나 하는 생각이 들었다.

퇴근해서 부록을 쭉 읽어가며 수정했다. 작업을 끝내니까 세 시 가까이 되었다.

■ 부록을 또 한 번 수정하다 [8월 7일/금요일]

어제에 이어 더운 날씨가 이어졌다. 금년 중 가장 더운 날 가운데 하나일 것 같다. 출근하기 전에 어제 수정해 놓은 부록을 출력하고 있는데 미찌가 부엌에서 식사준비를 하다가 내가 뭘 하는지 들여다본다. 세수를 한 것처럼 땀으로 흠뻑 젖은 얼굴로. 아침에 밥을 챙겨주는 아내의 노고를 이해해 달라는 의미도 내포되어 있을 것이다.

미찌는 컴퓨터 화면으로 부록을 읽어봤다고 한다. 본인의 얘기가 어떻게 표현되어 있는지 궁금했던 것 같다. 미까가 그저께 부록을 읽어본 것도 그런 이유일 테고. 어땠냐고 물으니 "괜찮다"고 한다.

코칭 센터의 Y 팀장에게 문자를 보내 코칭이 언제 가능한지 알아봐 달라고 했다. 그랬더니 내일 가능하다는 답신이 왔다.

■ 'M 출판사'에 초고를 보내다 [8월 8일/토요일]

아침에 원고 전체를 출력해서 미찌한테 읽어보라고 주었더니 그 자리에서 서문을 읽어보고는 '마음에 꼭 든다'고 한다.

오후에 1시간가량 코칭을 받았다. "바로 출간하더라도 웬만한 책보다 낫다"는 칭찬을 받았다. 첫 책쓰기 경험을 부록에 넣은 것도 좋은 아이디어라는 평가를 받고. 그렇지만 긴 문장을 여러 개의 짧은 문장으로 나누는 것이 좋겠다는 조언이 있었다.

코칭을 받을 때 'M 출판사'와 'MD 출판사'에 초고를 보내는 문제 – 이들 출판사와는 원고가 완성된 후 연락하기로 했었다 – 에 대해서도 상의했다. 'M 출판사'와 먼저 얘기를 나눠보는 것으로 방향정리가 되었다. 그래서 'M 출판사' 대표에게 전화를 했더니 해외출장 중이라면서 메일로 초고를 보내달라고 한다.

미찌와 함께 스타벅스에 가서 3시간에 걸쳐 초고를 검토한 뒤에 메일을 보냈다. 미찌는 원고를 꼼꼼하게 읽어가며 이상한 부분이 없는지, 표현은 괜찮은지 '감수'해 주었다. 미찌의 반응은 좋다. 제3자의 시각으로 냉정하게 보기는 힘들었을지 몰라도 미찌한테서 긍정 평가를 받으니까 힘이 난다.

■ 잠깐 자유를 누리다 [8월 9일/일요일]

'해방'된 느낌이다. 원고 내용에 대해 'M 출판사'에서 어떠한 '요구'가 있을지 모르지만, 일단 오늘은 자유를 만끽하고 있다.

저녁에 미까가 수학참고서가 필요하다고 해서 동네서점에 갔다가 『파란펜 공부법』이라는 책이 보이길래 구입해서 앞부분을 읽었다.

■ 두 번째 책의 주제를 생각해 보다 [8월 10일/월요일]

출근길 도로에 차가 많다. 여름휴가를 떠났던 사람들이 대부분 돌아온 모양이다.

아침에 업무를 하다가 불현듯 '매주 한 번 가까운 데 있는 명소를 방문하고, 이를 한 꼭지 분량의 글로 쓰기만 해도 26주(6개월)면 책 한 권이 되지 않겠는가' 하는 생각이 나서 메모지에 적었다. 그랬더니 연이어 연관된 생각이 떠올라서 메모지 5~6장을 채웠다. 이렇듯 적는 행위는 사고를 확장·발전시키는 효과도 있는 것이다!

첫 번째 책의 초고를 완성하고 나니까 처음에는 '자유롭다'는 느낌이 들어 좋았는데, 곧이어 허전함이 밀려온다. 그러면서 두 번째 책도 시작해야겠다는 생각이 든다. 가까운 명소를 방문하는 생각이 든 것도 이와 무관하지 않을 것이다. 두 번째 책은 첫 번째 책의 여러 꼭지 중 하나를 구체화시켜 보면 어떨까 싶다.

'M 출판사'에서는 오늘 전화를 한다고 하더니 아무런 소식이 없다. 혹시 계약으로 이어지지 않더라도 실망할 필요는 없을 것이다. 'MD 출판사'에 보내고, 다른 출판사에도 보내보면 될 테니까. 초고를 완성해 놓으니까 마음에 여유가 생겼다.

■ 'M 출판사'와 미팅 약속을 하다 [8월 11일/화요일]

'M 출판사'에서 연락이 왔다. 금요일 오전에 미팅을 갖기로 했다.

에바 선생님과의 영어회화 수업시간 – 지난해 가을부터 영어학원에서 주1회 개인수업을 받고 있다 – 에 『인디언의 말타기』 책의 앞부분에 대해 대화를 나눴다. 책에는 다양한 사례들이 많이 들어 있어서 따로 정리해 두면 좋을 것 같다는 생각이 들었다. 저자는 어디서 이런 사례들을 찾은 걸까? 영어로 된 책을 참고했을까? 남들이 다 알고 있는 사례만 갖고는 차별화가 어려울 테니까, 나만의 독특한 사례를 찾아야 한다. 우리말로 된 자료라도 많이 읽으면 좋겠지만, 더 좋은 방법은 남들이 접하기 어려운 자료를 찾아서 읽는 것일 수도 있다. 힘들기는 하겠지만. 이런 점에서 러시아어로 된 책을 읽는 것도 한 가지 방법이 아닐까 싶다.

귀가해서 『파란펜 공부법』을 마저 읽었다. 파란색이 정서 안정에 도움이 되고, 기억력에도 좋다고 하니까 앞으로 메모를 할 때 파란색으로 적는 것도 시도해 보면 좋을 것 같다.

■ 책쓰기와 무관한 하루를 보내다 [8월 12일/수요일]

저녁에 업무 관계로 늦게 귀가했다. 책쓰기와 무관하게 보낸 하루였다.

■ 어정쩡한 상태에서 무기력하게 지내다 [8월 13일/목요일]

'M 출판사'와 어떤 식으로든 결론이 나야 '다음 단계'로 넘어갈 수 있을 텐데, 어정쩡한 상태에 있으니까 아무 것도 손에 잡히지 않는다.

■ 출간기획서를 또다시 발송하다 [8월 14일/금요일]

임시공휴일(광복 70주년)이다.

오전에 미찌와 'M 출판사'에 가서 미팅을 했다. 웬만하면 계약을 하고, 책을 보완하라는 요구도 어느 정도 수용하겠지만, '저자 구입' 같은 조건을 제시한다면 '다음에 인연이 되기를 바란다'고 얘기하고 나올 생각으로 갔다.

'M 출판사'에서는 목차를 완전히 새롭게 구성하고 문장력 강화 방법을 포함시키는 방안을 제시했다. 이것은 결국 책 한 권에 책쓰기와 글쓰기에 관한 모든 것을 다 담아야 한다는 얘기이고, 이를 위해서는 원고를 완전히 뜯어고쳐야 한다.

집에 돌아와 잠깐 의기소침한 상태로 있다가 마음을 다잡고 일어났다. 초고가 완성되어 있는데 뭐가 문제인가, 오히려 더 좋은 기회일 수도 있다고 생각했다. 미찌한테 장(챕터)별로 괜찮은 꼭지 하나씩을 골라달라고 하고 출간기획서 내용도 일부 고친 다음, 전에 기획서를 보내지 않은 출판사들에 보냈다. 원고가 완성되어서 수정·보완 작업을 하고 있는 중이라는 점도 밝혔다.

저녁에 가벼워진 마음으로 『암살』을 보러 갔다. 영화는 1933년을 배경으로 한다. 독립군이 친일파와 일본 사령관을 암살하는 뻔한 얘기지만, 주인공인 안윤옥(전지현 분)을 쌍둥이로 설정하고 청부살인업자인 하정우와의 사이에 묘한 감정이 흐르는 스토리 등이 가미되어 흥미로웠다. '스토리의 힘'을 확인했다. 미찌도 재미있었다고 한다.

■ 출판계약서를 이메일로 받다 [8월 15일/토요일]

오전 10시 반쯤 메일을 확인해 봤더니 가나북스에서 '출판의도와 기획, 작가로서의 자신감이 끌린다'면서 책을 출간하겠다는 메일과 계약서가 와있다. 동화 속의 백마를 탄 왕자님을 만난 것처럼 반가웠다. 부재중 전화도 와 있어서 전화를 걸어 '계약서를 검토한 후에 연락드리겠다'고 했다. 미찌와 미까는 '야야 야야야야 꽃바구니 옆에 끼고 나물 캐는 아가씨야' 응원가를 부르며 축하해 주었다.

'So. 출판사'에서도 전화가 와서 내일 만나기로 했고, 'F 출판사'

에서는 사무실로 한 번 찾아오라는 메일을 보내왔다. 지난 번 출간기획서를 보냈을 때와 다른 점이라고는 원고를 완성한 것뿐인데 반응이 확연히 차이난다. 아 참, 부록을 추가한 것도 차이점일 수 있겠지.

저녁 때 가나북스에 메일을 보냈다. 만나서 얘기를 나눠보고 싶다는 내용으로. 그렇게 하자는 답신이 왔다.

■ 'So. 출판사'와 미팅을 갖다 [8월 16일/일요일]

아침에 모처럼 미찌와 올림픽공원을 산책했다. 공원내 파리크라상에서 브런치도 먹고. 책쓰기를 시작한 이후 처음이다.

낮에 'So. 출판사' 대표와 만나기로 한 약속 때문에 문자를 보냈더니 강남에 있다고 해서 커피점을 정해 만났다. 내 책을 출간하고 싶다면서 한 달 안에 책을 낼 수 있다고 한다. 빨리 발간되는 것은 장점이다. 하지만, 저자가 일정 부수를 구입해 주면 좋겠다고 한다. 요새 출판업계 사정이 전반적으로 안 좋다고 하면서. 귀가해서 미찌한테 얘기를 했더니 어떤 경우든 '저자 구입'은 절대 안 된다고 강경태도를 보인다. 그런 조건이라면 진작 계약하지 않았겠냐고 하면서.

밤에 가나북스에 '화요일에 찾아뵙겠다'고 메일을 보냈다(월요일에는 업무 때문에 시간을 내기 힘들어서). 좋다는 답신이 왔다.

■ 책 출간에 대한 기대로 잠 못 이루다 [8월 17일/월요일]

출판사 몇 군데에서 메일을 보내왔고, 'Ga. 출판사'에서는 전화도 했다. 저녁에 만나면 좋겠다고 했지만, 그럴 수 있는 여건이 안 돼서 못 나갔다. 'So. 출판사' 대표에게 문자를 보내 '양보' 의사를 물어봤다. 저자 구입을 고집하지만, 양보할 생각이 전혀 없는 것은 아니라는 느낌을 받았다.

책을 낸 적이 있는 후배를 만나 이것저것 궁금한 사항들을 물어보았다.

밤에 잠자리에 누웠지만 책이 마침내 나오게 되었다는 기대감, 책이 나온 뒤에 일어나게 될 일들에 대한 '공상' 등이 이어지면서 한참 동안 잠을 이루지 못했다. '책쓰기의 기적'이 나에게도 일어날 것인가?

■ 가나북스와 계약을 하다 [8월 18일/화요일]

아침에 메일함을 확인해 보니 짤막한 메일이 하나 와 있다. '내부회의 후 연락하겠다'는 간단한 내용이라서 지금까지 받아온 메일 정도로 가볍게 생각했는데, 발송자를 확인해보니 대형출판사 대표이다. 대표가 직접 메일을 보냈다면 '가능성'이 있는 것 아닌가 하는 생각이 들었다.

오후에 가나북스 출판사를 방문했다. 특별한 일이 없는 한 계약을 하자는 생각으로 갔다. 연락이 온 다른 출판사들과 미팅을 갖고, '내부회의' 결과도 기다려보고 싶은 마음이 있었지만, 욕심을 내지 말고 첫 책을 '순산'하는데 의미를 두기로 했다.

한 시간 가량 미팅을 한 후에 바로 계약서를 체결했다. 완성 원고를 8월말까지 제출하기로 했고, 금년 중에 책을 출간하기로 했다. 책 내용은 '작가의 몫'이라고 하니까 내가 신경 써서 책의 완성도를 높여야 한다.

저녁에 미찌와 둘이서 집근처 음식점에 가서 간단히 '축하파티'를 했다. (미까는 저녁에 수학과외가 있어서 불참했다.) 그리고 커피점으로 자리를 옮겨 커피를 마셨다. 미찌가 가나북스 출판사에 가보고 싶다고 하고, 출간 일정과 표지 디자인 등에 관해 문의할 사항도 있어 같이 방문하는 걸로 얘기가 되었다.

동기인 '이샘'과 카톡을 하게 되어 계약 사실을 '공표'했다. 귀가해서는 '검토하겠다'는 메일을 보내온 출판사들에 일일이 답신을 보내 계약이 되었다는 것을 알렸다.

마침내 세상 속으로

출판계약 이후부터
원고를 최종 수정할 때까지
- 30일간의 기록

■ 계약축하 메일을 여러 곳에서 받다 [8월 19일/수요일]

아침에 메일함을 확인해 보니까 계약을 축하한다는 메일이 여러 군데에서 와 있다.

가나북스 대표께 전화를 해서 저녁에 아내와 찾아뵙겠다고 말씀드렸다. 퇴근시간이 거의 다 된 시각에 전화가 왔다. 일이 있다면서 약속을 좀 뒤로 미루자고 한다. 금요일로 날짜를 다시 잡았다.

■ '초심'을 유지해서 책을 쓰자고 다짐하다 [8월 20일/목요일]

이순신 관련 책을 쓴 P 작가에게 출간기획서를 보낸 것이 계기가 되어서 몇 차례 메일을 주고받았다. 어제 밤에 블로그 주소를 묻는 메일을 보냈더니 답을 보내왔다. 책을 쓰는 삶을 살아가게 되면 이렇게 책과 관련 있는 사람들과 계속해서 관계를 맺어 나가게 될 것이다.

귀가한 후 '계약후기'를 작성해 코칭센터 카페에 올렸다. 초심을 잃지 않고 꾸준히 책을 쓰겠다는 다짐을 적었다.

■ 가나북스를 두 번째 방문하다 [8월 21일/금요일]

퇴근 후에 미찌와 가나북스에 갔다. 한 시간 가량 미팅을 하면서 출간 일정, 표지 디자인, 종이 재질 등 궁금했던 사항에 대해 질문하고 대표님의 얘기도 한참 들었다. 독서와 책의 중요성에 대해 확실한 인식을 갖고 계신 것을 알 수 있었다. 미팅이 끝나서 나오는데 대표님이 한쪽 구석으로 가신다. 책을 한 권 주시려나 보다 생각했는데, 쌀 씻는 바가지를 꺼내주셨다. 뭔가 챙겨주고 싶어 하는 마음이 전해졌다.

■ 블로그를 만들 필요성을 느끼다 [8월 22일/토요일]

자료를 정리하다 보니까 '블로그를 운영해서 책을 홍보하겠다'는 출간기획서 내용이 눈에 들어온다. 빈말이 되지 않도록 하기 위해서도, 그리고 앞으로 작가로서의 삶을 살면서 독자들과 소통을 하기 위해서도 블로그를 만들 필요가 있을 것 같다. 전에 가족 블로그를 운영해 본 적이 있으니까 그리 어렵지는 않을 것이다.

미찌한테 '감수'를 부탁하려고 원고 전체를 한 부 출력했다.

■ 부록에 매일매일의 일지를 넣는 것이 좋겠다고 생각하다 [8월 23일/일요일]

지난 금요일 가나북스 대표님과 미팅 때 책을 출간할 때까지의 모든 과정을 일지 형식으로 정리하되, 중요한 날짜만 넣는 것으로 얘기가 되었다. 그런데, 가만히 생각해 보니 매일매일의 일지를 하루도 빼놓지 않고 넣는 것이 더 나을 것 같다. 그렇게 되면 처음으로 책을 쓰는 독자들한테 실질적인 도움을 줄 수 있고, 다른 책들과 확실하게 차별화도 될 테니까.

하루 종일 원고를 읽으면서 어색한 부분이 없는지 체크했다. 본문의 뒷부분은 휴가 기간에 작성한 뒤로 처음 제대로 읽어보았다. 어느 정도 마음에 들지만, 썩 만족스럽지는 않다. 남은 기간 동안 최대한 보완할 수 있도록 해야 한다.

미찌한테 원고를 검토해 달라고 부탁했다.

■ 원고 수정·보완에 집중하자고 마음먹다 [8월 24일/월요일]

퇴근해서 최근 며칠간의 일지를 타이핑했다.

완고를 제출할 때까지 꼭 1주일간의 기간이 남아있다. 조금이라도 더 완성도를 높일 수 있도록 수정·보완 작업에 박차를 가해야 한다.

■ '부록'을 다른 명칭으로 바꾸는 것을 생각해 보다 [8월 25일/화요일]

10여일 정도의 일지를 타이핑했다. 은근히 시간이 걸린다. 토요일에 본문 작업에 전념할 계획이니까 일지 정리 작업은 그 전에 마무리해야 한다.

일지를 부록 형식으로 넣을 것이 아니라, '책 속의 책'이라는 이름으로 의미를 부여하면 어떨까 하는 생각을 했다. 그렇게 되면 좀 더 '무게'를 갖게 될 것이다.

블로그 이름을 어떻게 지을지 잠깐 생각해 보았다. '책과 함께 하는 인생2막'으로 하면 좋을 것 같다. 내친 김에 네이버에서 seliwibo(second life with books)라는 아이디를 새로 만들었다. 블로그 주소는 blog. naver. com/seliwibo가 되었다.

■ '메모의 힘'을 느끼다 [8월 26일/수요일]

미까가 교실에서 공부를 하겠다고 아침 일찍 깨워달라고 해서 어제 밤에 메모지에 적어 세면대 위 거울에 붙여 놓았다. 자는 동안에 깜빡 잊어버렸는데, 메모지를 보니까 생각이 나서 서둘러 씻은 뒤에 깨워주었다. 지난번에는 늦게 깨우는 바람에 식사도 제대로 못 하고 등교했었다. 역시 메모의 힘은 대단하다.

그저께와 어제 타이핑해 놓은 일지를 다듬고 필요한 부분을 추가하는 작업을 했다. 그리고, 오늘까지의 일지를 타이핑했다.

■ 일지를 다듬다 [8월 27일/목요일]

점심시간을 이용해서 일지 내용을 다듬었다. 퇴근 후에는 친척 문상을 다녀왔다.

■ 의사전달을 위한 메모는 명확해야 한다고 생각하다 [8월 28일/금요일]

아침에 일어나니 식탁 위에 '오늘은 엄마와!'라는 미까의 메모가 놓여 있다. 이에 대해 미찌와 나는 해석을 달리했다. 나는 미까가 오늘 아침에는 엄마 차를 타고 등교하겠다는 의미로 받아들였고, 미찌는 엄마가 저녁에 데리러 오라는 뜻으로 이해했다. 상대편에게 전달하는 메모는 생각하기에 따라 다르게 해석될 수도 있으니까 가급적 자세하게 적는 것이 좋겠다는 교훈을 얻었다.

본문을 읽어가며 고칠 부분이 없는지 체크했다.

■ '카페'에서 종일 퇴고 작업을 하다 [8월 29일/토요일]

새벽 5시에 잠이 깼다. 일지에 있는 소제목들을 날짜 앞으로 옮기는 작업을 했다. 날짜가 앞에 있으니까 자료집 같은 느낌이 들어서.

아침식사 후에 휴가 이후 처음으로 '카페'에 갔다. 본문과 일지 전체를 읽어가면서 퇴고 작업을 했다.

■ 원고를 가나북스 대표께 보내다 [8월 30일/일요일]

새벽에 '일지를 따로 한 파트로 독립시켜 보면 좋겠다'는 생각이 들어서 컴퓨터를 켰다. 본문 전체를 'PART 1', 일지를 'PART 2'로 하기로 하고 이에 맞게 목차를 조정했다. 두 파트의 제목을 어떻게 달아야 할지도 고민했다.

사무실에 나갔다가 오후 세 시쯤 귀가해서 원고 마무리 작업을 했다.

밤늦게 가나북스 대표께 메일로 원고를 보냈다.

■ 여러 감정이 교차되다 [8월 31일/월요일]

오전 10시 반쯤 가나북스 대표님과 전화통화를 했다. 3일 내에 표지 시안을 만들어서 연락을 주시겠다고 하신다. 책 내용은 '작가의 몫'이라는 말씀을 또 한 번 하시고.

원고를 넘기고 나면 마음이 가벼울 줄 알았는데 그렇지만도 않다. 책 내용이 부족하다는 생각 때문에 그렇다. 원고를 넘긴 뒤라서 대폭 수정은 힘들겠지만, 보완작업은 계속하려고 한다.

점심시간에 서점에 들러 블로그에 관한 책이 있는지 알아보았다. 마침 『스마트폰 카메라로 사진 촬영하고 블로그 꾸미기』 책이 있어서 구입했다.

■ 꼭지 한 개를 대폭 보완하다 [9월 1일/화요일]

'무엇을 하든 책은 써라' 꼭지(2-5) 내용이 많이 부족한 것 같아서 어떻게 보완해야 할지 고민했다. 완전히 새로 써볼까 하다가 보완하는 쪽으로 방향을 바꿨다.

귀가해서 2-5 꼭지 작업에 매달렸다. 전에 써놓은 내용에 몇 가지 사례를 추가하고 어떤 부분은 좀더 자세하게 적기도 했다. 뒷부분은 새로 쓰다시피 했다.

『오후반 책쓰기』가 많이 읽혀서 사람들이 드라마 『별에서 온 그대』를 '별그대'로 줄여 부르듯이 '오책(오, 책!)'으로 불러주면 좋겠다는 생각을 했다.

■ 출판사에 보낸 원고 내용을 다시 검토하다 [9월 2일/수요일]

점심시간에 어제 작성한 '무엇을 하든 책은 써라' 꼭지를 다듬고, 가나북스에 보낸 원고를 메일함에서 열어 PART 1을 읽으면서 고칠 부분이 없는지 체크했다.

저녁에는 미까가 모의고사를 끝낸 '기념'으로 가족외식을 한 후 컴퓨터로 '무엇을 하든 책은 써라' 꼭지의 수정작업을 했다.

■ 내 블로그에 첫 글을 올리다 [9월 3일/목요일]

점심시간을 이용해서 '무엇을 하든 책은 써라' 꼭지를 다시 한 번 읽어보며 몇 군데 고쳤다. 두 쪽이 조금 넘는 분량이지만, 참 손이 많이 간다. 며칠 매달렸더니 가나북스에 원고를 보냈을 때보다 훨씬 나아진 것 같다.

퇴근해서는 '무엇을 하든 책은 써라' 꼭지를 수정해서 전에 쓴 꼭지와 교체했고, 내 블로그에 짧게 첫 글을 올렸다.

■ 표지 시안을 받고 검토의견을 전달하다 [9월 4일/금요일]

표지 시안이 어떻게 진행되고 있는지 궁금해서 가나북스 대표께 전화를 드리는 김에 원고에 수정할 부분이 있는데 어떻게 하면 좋겠는지 문의했다. 원고 편집 작업은 표지가 결정된 후 하기 때문에 아직 착수하지 않았다고 해서, 원고를 수정한 후에 토요일 밤에 보내드리겠다고 했다.

표지 시안 세 개를 메일로 받았다. 모두 마음에 든다. 퇴근 후 표지 시안을 자세히 검토한 뒤 가나북스 대표께 검토의견을 메일로 보냈다. 미찌 의견이 많이 반영되었다. 미찌는 언니들께도 어떤 시안이 좋을지 물어봤다고 한다.

'Su. 출판사' 대표에게도 메일을 보냈다. 오전에 '완성된 원고를 꼭 보고 싶다'는 내용의 메일을 받았는데, 대표 이름이 아는 후배와 똑같아서 인터넷으로 확인해 보니 후배가 맞다. 반가움을 표시했다.

■ 원고를 자세히 읽어가며 퇴고작업을 하다 [9월 5일/토요일]

'Su. 출판사' 대표인 후배에게서 메일이 왔다. 자기도 내 이름을 보고 '긴가민가했다'면서 조만간 연락을 하겠다고 한다. 내 책이 나온 뒤에 보자고 답신을 보냈다. 책쓰기를 하니까 이렇게 아는 사람과 다시 연락도 된다.

어제 밤에 출력해 놓은 원고를 들고 9시 오픈 시간에 맞춰 '카페'로 갔다.

하루 종일 원고를 자세히 읽어가면서 고칠 부분을 체크했다. 미찌도 집에 있으면 집중이 안 된다면서 10시 반쯤 '카페'에 와서 5시까지 원고를 검토한 뒤 내게 넘겨주고 귀가했다.

저녁에 원고 검토를 끝낸 후 1주일간의 일지를 추가하는 작업을 시작했다. '카페'가 문을 닫는 시각인 11시에 집으로 돌아와 밤 세 시까지 컴퓨터로 작업했다. 밤을 새울 생각도 있었지만 너무 피곤해서 못했다. '토요일 밤에 원고를 보내겠다'는 약속은 못 지켰다.

■ 원고를 가나북스에 보내다 [9월 6일/일요일]

세 시간만 자고 일어나서 PART 2 부분을 다듬고, 목차의 페이지가 맞는지 확인한 다음 8시 조금 지나 원고 전체를 가나북스 대표께 메일로 전송했다.

오후에 가나북스 대표께 전화를 드려 앞으로의 일정 등에 대해 여쭤보았다. 대표님은 '가능한 빨리 진행할 것'이라고 말씀하신다. 표지는 저자 의견을 반영해서 수정안을 다시 보내 주시겠다고 하고. 표지를 좀 두꺼운 재질로 하면 좋겠다고 말씀드렸다.

■ 표지 수정안과 내지 시안을 전송받다 [9월 7일/월요일]

지난해 수시 경쟁률 등이 수록된 입시 참고서적이 있는지 알아보러 모처럼 교보문고 잠실점에 갔다. 여전히 서점에는 수많은 책이 진열되어 있다. 조금 지나면 내가 쓴 책도 어느 한 구석을 차지하게 될 텐데, 얼마나 독자들의 관심을 끌게 되는지.

낮에 표지 수정안과 내지(본문) 시안을 메일로 받았다. 밤 1시 반까지 내지 시안의 PART 2 부분을 검토했다.

■ 가나북스를 세 번째로 방문하다 [9월 8일/화요일]

아침에 PART 2 부분을 마저 검토했다.

가나북스 대표께 출판사로 찾아뵙겠다고 전화를 드린 후 저녁에 미찌와 함께 방문했다. 세 번째 방문이다. 내지 색깔을 파란색 계통으로 바꾸면 좋겠다는 의견을 전달하고, 책 정가와 출판일정 등 궁금한 사항에 대해 문의드렸다. 대표님은 정가는 쪽당 50원으로 계산하면 되고, 저자가 컨펌(confirm)하면 바로 인쇄에 들어가서 5일정도 후면 책이 나온다고 설명해 주셨다. 책규격은 154mm × 215mm로 하기로 했다(글자크기는 10.5폰트).

주변사람들에게 책을 선물하는 것에 대해서도 대화가 있었는데, 대표님은 선물을 하면 안 읽는다면서 '절대로 선물하지 말라'고 조언하신다. 책이 발간되면 첫 번째 책인 만큼 아는 사람들에게 선물을 할 계획이었는데, 대표님 말씀대로 하는 것이 좋겠다는 생각을 했다. 앞으로 디자인 문제는 디자이너인 박 실장님과 직접 상의키로 하고 전화번호를 적어왔다.

■ 인기 있는 책에 대한 기대를 갖다 [9월 9일/수요일]

출근해서 '책을 썼는데, 마지막 교정작업을 진행중'이라고 밝혔다. 대단하다는 반응들을 보인다. 꼭 읽어보겠다고 하는 분들도 있다. 인기 있는 책이 될 수도 있지 않을까 하는 기대를 갖게 된다.

퇴근해서 PART 1 검토작업을 하고 있는데, 미까가 어느 대학에 수시원서를 내는 게 좋을지 가족회의를 하자고 해서, 미찌가 찾아 놓은 자료를 기초로 대화를 나눴다.

■ 내지 수정시안을 전달받다 [9월 10일/목요일]

새벽에 일어나 검토작업을 마무리하고, 수정해야 할 사항을 일일이 타이핑해서 가나북스 대표님과 박 실장님께 보냈다. 그랬더니 오후에 다시 내지 수정시안을 보내왔다.

수정본을 한두 번 더 검토한 뒤에 인쇄에 넘기자고 할 생각이다. 여전히 부족한 느낌은 있지만 이제는 그만 '놔줘야' 할 것 같다. 완벽하다고 생각되는 때는 없을 테니까.

■ 책의 대상독자층을 60대로 넓히기로 하다 [9월 11일/금요일]

오전에 가나북스 대표님이 책의 독자층을 60대에까지 넓히자는 뜻밖의 '제안'을 하셨다. (책 제목에 '코칭'이라는 말도 넣자고 하셨다.) 60대들이 대부분 은퇴를 해서 '할 일'이 필요하고 살아온 경험도 많기 때문에 50대보다 더 필요한 책일 수도 있다고 설명하신다.

조금 고민한 후에 동의를 했다. 대표님이 책 출판에 오랜 경험을 갖고 계시니까 정확하게 판단하셨을 것이다. 책에 노후대책의 측면이 자세히 설명되어 있으니까 60대들에게 충분히 도움이 될 수도 있을 것이고.

■ 3차 수정시안을 전송받다 [9월 12일/토요일]

하루 종일 '카페'에서 작업했다. 1-1 꼭지 등에 60대에 관한 내용을 넣고, 6일간의 일지를 작성한 다음 검토를 끝낸 수정시안과 함께 박 실장님께 보냈다.

저녁에 3차 수정시안을 받았다. 박 실장님이 이렇게 빨리 보내준 것을 보면 속도를 내서 작업을 한 모양이다. 쉬는 날인데도 신경을 써

주어서 고마웠다. '카페' 영업시간이 끝날 때까지 1/3 정도 검토했다.

■ 수정시안을 또 한 번 검토하다 [9월 13일/일요일]

'카페'에서 내지 수정시안을 마저 검토했다.

지난 8월 3일에 초고를 완성한 이후 퇴고 작업을 몇 번이나 했을까 생각해 봤다. 정유정 작가가 『28』을 5번 퇴고했다는데, 아마 그 이상일 것 같다. 미찌가 검토한 것까지 포함하면 훨씬 더 많다. 헤밍웨이가 '모든 초고는 쓰레기'라고 했다지만, 꼭 그렇지는 않더라도 퇴고를 거듭할수록 글이 점차 좋아지는 것은 사실이다.

밤 12시까지 수정시안 내용 중 고쳐야 할 부분을 정리해서 대표님과 박 실장님께 발송했다.

■ 표지에 '책쓰기 코칭'을 넣기로 하다 [9월 14일/월요일]

가나북스 대표님과 통화를 했다. 대표님은 책 제목은 원래대로 『오후반 책쓰기』로 하고, 대신에 '책쓰기 코칭'이라는 말을 제목 위에 넣자고 하신다.

박 실장님이 오후에 표지와 내지 수정시안을 다시 보내왔다. 밤 11시 넘어 귀가해서 피곤했지만, 내가 적어보낸 '수정 필요사항'이 잘 고쳐졌는지 일일이 확인했다. 단순히 대조하는 작업인데도 시간이 꽤 오래 걸렸다. 2시 반에야 끝났다.

■ PART 2 분량을 줄이기로 하다 [9월 15일/화요일]

가나북스 대표님이 전화를 하셨다. PART 2의 일지 부분이 총 80쪽 분량인데 너무 많은 듯하니까 60쪽 정도로 줄이자고 하신다.

퇴근해서 대표님이 말씀하신 방향으로 PART 2 작업을 했다. 박 실장님한테 PART 2 부분을 한글파일로 보내달라고 해서 직접 작업했다. (그 동안에는 pdf 파일을 전송받아서 검토한 뒤 수정할 내용을 타이핑해서 보냈었다.) 최근 4일간의 일지도 추가로 작성한 후에 두 가지를 함께 대표님과 박 실장님께 발송했다.

■ PART 2에 중점을 두고 수정시안을 검토하다 [9월 16일/수요일]

퇴근하자마자 낮에 박 실장님한테서 받은 표지와 내지 수정시안을 검토했다. 특히, PART 2 부분에 중점을 두었다. 수정할 사항을 적어서 보냈다.

PART 2는 대표님 말씀대로 짧게 줄이니까 간결해서 좋다.

■ 마침내 책이 세상 속으로 나오게 되다 [9월 17일/목요일]

박 실장님이 오전 일찍 수정시안을 보내왔다. 어제 체크한 부분이 맞게 고쳐졌는지 확인한 뒤 처음부터 끝까지 쭉 넘겨가면서 '마지막으로' 읽어보았다. 몇 군데 수정할 사항과 금일 일지를 적어서 보냈다.

원고 최종교정 작업까지 끝났다. 이제는 출판사에서 CTP(Computer-To-Plate) 방식으로 인쇄를 하고 제본하게 될 것이다. (CTP 방식은 컴퓨터의 디지털 데이터를 필름을 만드는 과정 없이 직접 인쇄판으로 출력해 인쇄하는 방식이다. 시간단축과 비용절감 등 장점이 있다. 대표님은 며칠 전 전화통화에서 이 방식으로 인쇄작업을 하게 될 것이라고 설명해 주셨다.) 인쇄와 제본에 5일 정도 소요된다고 했으니까, 다음 주에는 책이 출간될 것이다.

처음 책쓰기를 시작한 날부터 최종 수정본을 검토할 때까지 4개월이 걸렸다. '내가 쓴 책이 과연 출판될 수 있을까?' 걱정하던 때도 있었는데, 마침내 세상에 나오게 된 것이다!

　내 책이 50·60대들에게 희망을 줄 수 있으면 좋겠다. 책을 쓰며 사는 인생2막을 꾸준히 걸어 가겠다는 다짐을 다시 한 번 새긴다.

초판발행일 | 2015년 10월 24일

지 은 이 | 유영택
펴 낸 이 | 배수현
디 자 인 | 박수정
제 　 작 | 송재호

펴 낸 곳 | 가나북스 www.gnbooks.co.kr
출 판 등 록 | 제393-2009-000012호
전 　 　 화 | 031) 408-8811(代)
팩 　 　 스 | 031) 501-8811

ISBN 979-11-86562-12-3

※ 가격은 뒤 표지에 있습니다.

※ 잘못된 책은 구입하신 곳에서 교환해 드립니다.